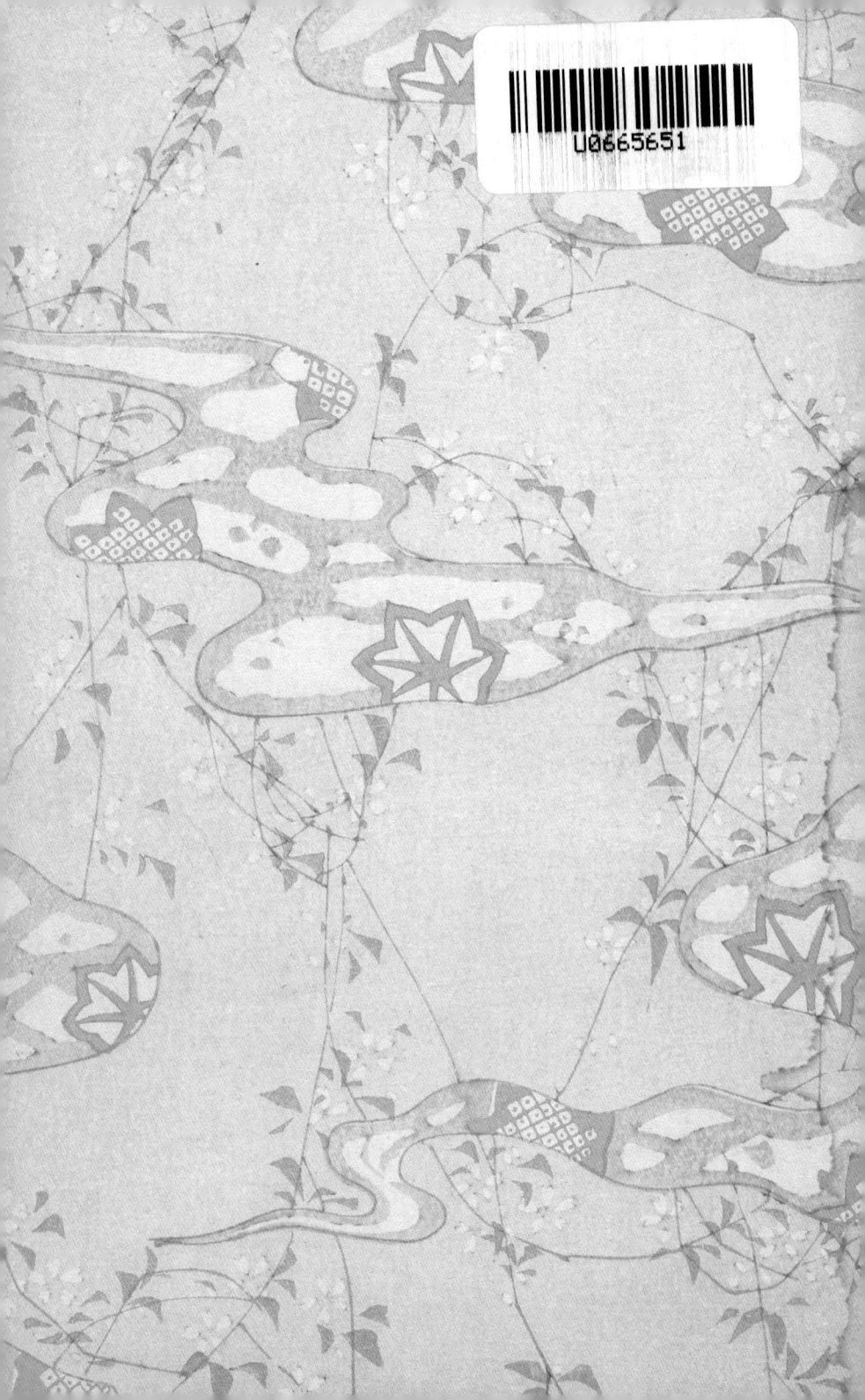

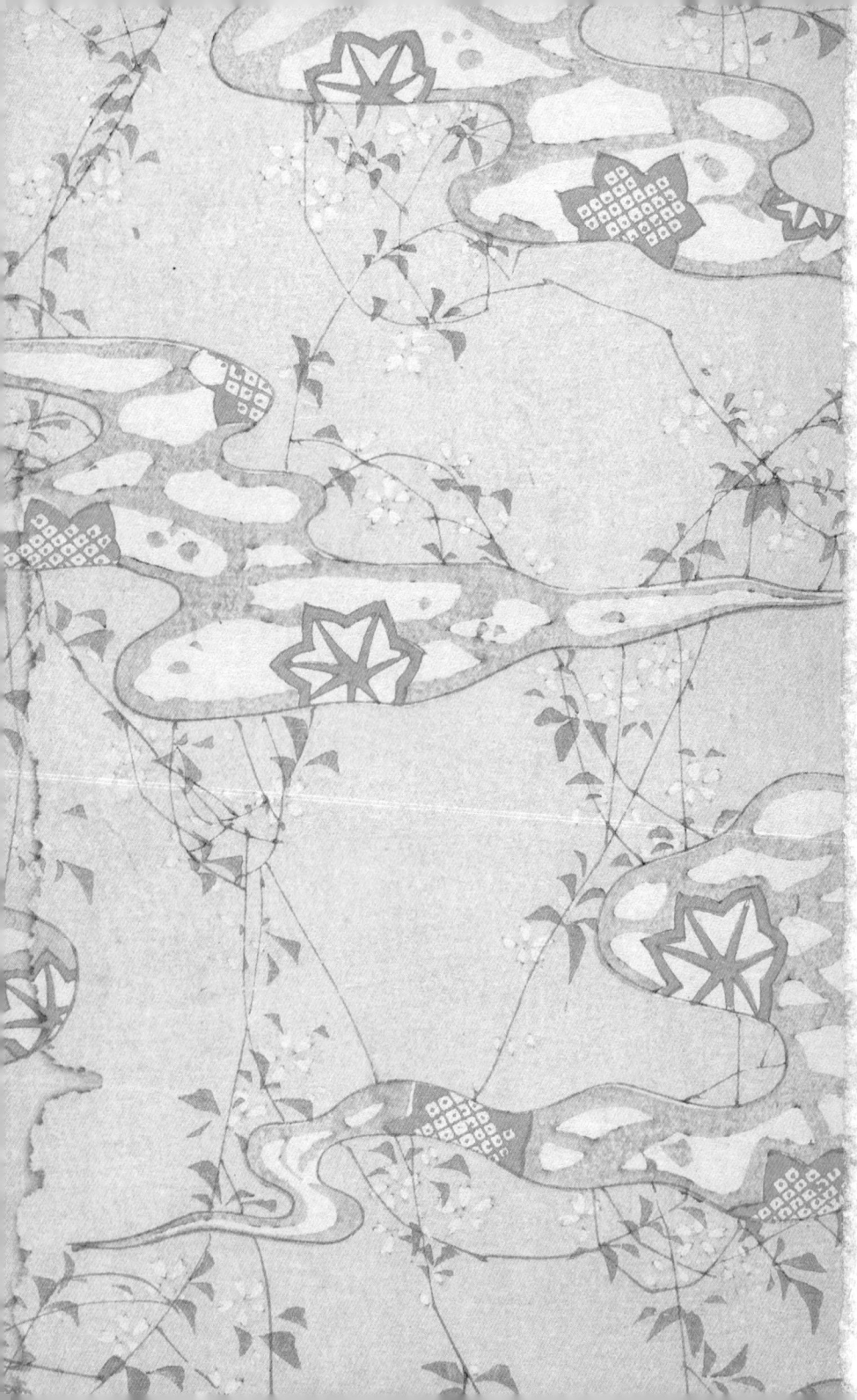

雪国

[日]川端康成 著

陈德文 译

天津出版传媒集团

天津人民出版社

图书在版编目（CIP）数据

雪国 /（日）川端康成著；陈德文译. -- 天津：
天津人民出版社, 2023.1

ISBN 978-7-201-18704-4

Ⅰ.①雪… Ⅱ.①川… ②陈… Ⅲ.①中篇小说 - 小
说集 - 日本 - 现代 Ⅳ.①I313.45

中国版本图书馆CIP数据核字(2022)第190015号

雪国
XUEGUO

[日]川端康成 著　陈德文 译

出　　版	天津人民出版社
出 版 人	刘　庆
地　　址	天津市和平区西康路35号康岳大厦
邮政编码	300051
邮购电话	（022）23332469
电子信箱	reader@tjrmcbs.com

责任编辑	玮丽斯
监　　制	黄 利　万 夏
特约编辑	邓 华　丁礼江
营销支持	曹莉丽
装帧设计	紫图装帧

制版印刷	艺堂印刷（天津）有限公司
经　　销	新华书店
开　　本	889毫米×1194毫米　1/32
印　　张	5.75
字　　数	120千字
版次印次	2023年1月第1版　2023年1月第1次印刷
定　　价	59.90元

*

我想和你清清爽爽地交往下去。

...

川端康成手书的《雪国》开篇

穿过国境长长的隧道，就是雪国。夜的底色变白了。火车停在信号所旁边。

这是《雪国》开头两句，也是世界文学名著中最著名的开篇之一。《雪国》是川端康成唯美主义的代表性作品，也是他据此荣获诺贝尔奖文学奖的三部作品之一。另两部是《古都》和《千羽鹤》。

新潟县汤泽町一带常见的雪中温泉

　　"长长的隧道之后"，即是故事发生地新潟县汤泽町。每年冬季从日本海吹来的湿润气流受山峰的阻挡而上升，在这里形成大量积雪，是名副其实的雪国，同时这里也是著名的温泉乡，1934 年后，川端康成多次来此居住并写作。历经 13 年，反复修改，《雪国》才汇集出版单行本。这部被称为唯美主义最具代表性的作品，除了雪之洁净、雪之纯粹、雪之璀璨和虚无，别的事物似乎都无法形容。

《北山初雪》 [日]东山魁夷 绘 1968 年

　　在雪国遇到像雪一样纯净的人，这种感觉想必是川端康成爱情产生的原因，也是其《雪国》的写作动机吧。对川端的精神世界，也许东山魁夷是最为了解的。东山魁夷和川端康成，被称为日本文学与绘画双璧。两位艺术巨匠是知己，有长达 17 年的灵魂交流。1968 年川端康成获诺贝尔文学奖，东山魁夷即画《北山初雪》作为贺礼相赠。川端康成的语言极有细节和画面感，而从东山魁夷的这幅画中，似乎也能看到川端康成洁净的文字。

高半旅馆，川端康成写作《雪国》住宿的旅馆

　　本书译者陈德文先生曾经前往汤泽町，拜访川端康成写作《雪国》时住宿的高半旅馆。陈先生介绍道：高半旅馆原由一位名叫高桥半左卫门的人创办，至今已有 900 年历史。这是一座典型的和式温泉旅馆，位于汤泽地区最高点，温泉水量最丰沛，常年不减。馆内有一间屋子，叫"霞之间"，这里就是川端康成创作《雪国》的地方。

《雪中上州泽渡》 ［日］高桥松亭 绘

　　川端康成是被"美神眷顾"的作家。他本人曾说："在小说家当中，我这种人大概是属于喜欢写景色和季节的。"自然之美与艺术品之美的不同之处在于，前者包含人类不可抗拒的力量。正如高桥松亭《雪中上州泽渡》这幅雪景，人是如此渺小，他走向自己的家，走向生活，但永远无法接触高不可攀的美之来源。在《雪国》中，我们随时可见川端描绘雪景对人物身体、心灵的影响和渗透，以及不可避免的"徒劳感"。

《十宜图》之《宜秋》［日］与谢芜村 绘 1771 年（川端康成藏品）

　　毫无疑问，川端康成的作品中，美，才是真正的主角。在生活中也如是。他酷爱把玩和收藏艺术品，常"在通宵工作的几案上摆放着小小的美术品来支撑自己"。东山魁夷在悼念文章《巨星陨落》中，这样评论川端与艺术品的关系："先生对美术作品的兴趣非同一般……先生涉猎美术的所有领域，诸如文人画、琳派、佛像、古陶、茶具、墨迹，乃至外国作家的作品，涉及面之广泛，令人惊叹不已。"川端的稿费几乎都用于收藏，共收藏了约280件艺术品，涵盖绘画、书法和陶器。其中包括《宜秋》在内的三项国家级珍宝，且都是他购买后才成为国宝的，证明了他的行家眼力。

《雪景山水图》 [南宋]梁楷 绘(东京国立博物馆藏)

　　川端康成非常想收藏中国南宋画家梁楷的作品而不得，他在《月下的门》一文中，表达了对梁楷《雪景山水图》的感叹："我很早就想把那幅画作为心灵粮食，但每次去博物馆都没有缘分。"在梁楷的这幅画中，雄山、峻岭、林木、行人，皆因停雪而陷入沉静，但画面上似乎还回荡着江户时代云游僧人良宽的和歌："三千世界淡淡雪，犹有雪花舞蹁跹。"良宽出生于新潟，川端康成的《雪国》也在新潟写成。雪国，正是他们共同的美学故乡。

《雪中诗人》[法]皮埃尔·尤金·克莱林 绘 1968 年

　　1968 年，画家皮埃尔·尤金·克莱林（Pierre Eugene Clerin）以名为"雪中诗人"的川端康成画像赠送给川端，表达他对作家作品的理解和敬意。

目 录

雪国

一

　　穿过国境长长的隧道①，就是雪国。夜的底色变白了。火车
停在信号所②旁边。

　　姑娘从斜对面的座席上站起身走过来，落下岛村面前的玻
璃窗。冰雪的寒气灌入进来。姑娘将上半身探出窗外，填满了
整个窗户，似乎对着远方喊叫：

---

① 此处指上越线清水隧道，位于三国山脉上野国（今群马县）和越后国（今新潟
　　县）国境线上，全长9702米。1922年8月开工，1931年9月完成。1934年作
　　者两访越后汤泽，翌年开始写作《雪国》，1935—1937年分期连载。1937年由
　　创元社发行初版，1948年该社出版《雪国》最终版。

② 信号所：车站间距过长时，为方便快车追越慢车，或单线时反向来车通过，为安
　　全起见，按规定凡先到列车进站前需为前后来车让道时，应暂时停靠于专用"待
　　避线"躲避，并设信号指示，谓之"信号所"。上越线1931年全线开通后，至
　　1967年复线完成之前，一直是单线运输。清水隧道出口附近信号所，于1941年
　　1月，改设为土樽车站，多为四季登山者所利用。

"站长——！站长——！"

一个手里拎着信号灯的汉子慢悠悠踏雪走来，他的围巾裹着鼻子，帽子的毛皮耷拉在耳朵上。

已经这么冷了吗？岛村向外一望，山脚下散散落落，点缀着铁路员工的木板房，寒颤颤的，雪色尚未到达那里，就被黑暗吞没了。

"站长，是我，您好啊。"

"哦，这不是叶子姑娘吗，回来啦？天又冷起来喽！"

"听说我弟弟这次来这里工作，请您多多关照啊！"

"这地方眼看要变得冷清了。他年纪轻轻，怪可怜的。"

"他还是个孩子，站长，您可要多指点呀，拜托啦！"

"别担心，他干得很起劲。不久就要大忙起来了。去年雪很大，经常发生雪崩，火车开不动，村里人都忙着给旅客烧火做饭呢。"

"站长看样子穿得很厚实呀。可我弟弟在信上说，他还没有穿背心。"

"我都四件啦，年轻人一冷就拼命喝酒，横七竖八地躺在那儿，岂不知这会感冒的。"

站长朝着员工住房挥动一下手里的信号灯。

"我弟弟也喝酒吗？"

"不。"

"站长，您这就回家吗？"

"我受了伤，跑医院呢。"

"哎呀，真苦了您啦！"

和服外面穿着外套的站长，大冷天不想站在那里继续聊下去，他转过身子。

"好吧，多保重。"

"站长，我弟弟今天没来上班吗？"叶子两眼搜索着雪地。

"站长，请您好好照看我弟弟，谢谢啦！"

话声优美得近乎悲戚。高扬的嗓音自夜雪上空回荡四方。

火车开动了，她没有从窗外缩回身子。就这样，火车追上走在铁道边的站长。

"站长——！请转告我弟弟，下次放假一定回家一趟！"

"好的。"站长高声答应。

叶子关上窗户，两手捂着红扑扑的面颊。

这里是国境上的山区，准备了三台扫雪车。隧道南北拉上电力雪崩警报器，配备着五千人次扫雪夫和两千人次青年消防队员，随时应对突发事件。

看样子，铁道信号所不久将被大雪埋没，这位叶子姑娘的弟弟，打今年冬天起就开始在这里上班了。岛村知道了这些，对她更加感兴趣了。

然而，说是"姑娘"，只是凭着岛村这么看，和她一道来的那个男子是她什么人，岛村当然无从知道。两个人的举止虽说像夫妻，但那男子明显是个病人，同病人在一起，男女之间的界限就不那么分明，照料得越细心，看上去就越像夫妇。实际上，一个女人照顾一个比自己年龄大的男子，那一副年轻母亲的情怀，在别人眼里就像夫妻。

　　岛村只孤立地注意她一个人，看那姿态，他执意认定她是个姑娘。不过，他始终盯着窗玻璃这种奇妙的观察方式，也许平添了他本人过多的感伤之情。

　　约莫三个小时之前，岛村百无聊赖之余，不住晃动左手的食指，仔细观看，他想借助这根手指，清晰地回忆起将要会见的那个女人。然而，越是急于回想，越是不可捉摸，蒙眬之中只是觉得这根指头至今依然濡染着女人的肤香，把自己引向远方那个女子的身边。他一边奇妙地遐想，一边把手指伸到鼻子底下嗅着，一不留神，指头在窗玻璃上画了一条线，那里清楚地浮现出女人的一只眼睛。他几乎惊叫起来了。但是，那只是一心想着远方的缘故，定睛一看，没有什么可奇怪的，映出的是对过座席上的那个女人。外面的天色黑下来了，车厢里亮起了灯。于是，窗玻璃变成一面镜子。不过，由于通了暖气，玻璃上布满水蒸气，不用手指揩拭，是不会成为镜子的。

　　姑娘的一只眼睛，反而显得异样美丽。岛村将脸凑近车窗，蓦然装出一副观看黄昏暮景而泛起满脸乡愁的神情，用手掌揩拭着玻璃。

　　姑娘微微俯着前胸，一心一意看着躺在面前的男子。她的肩膀显得有些吃力，稍稍冷峻的眼睛一眨也不眨，由此可知她是多么认真。男人枕着车窗，两腿蜷在姑娘的身旁，翘着脚尖。这是三等车厢。他们不是岛村相邻的一排座席，而是坐在前排对面的座席上。因此，横卧的男子，只在玻璃上映出到耳根的半个面孔来。

　　姑娘和岛村正好相互斜对面坐着，因此他看得很清楚。他们上车时，岛村被姑娘那副冷艳娇美的面容惊呆了。当他低下眉头的一刹那，一眼看到姑娘的手被那男子青黄的手紧紧攥住，再也不愿意向那边转头了。

　　镜中的男子，一心一意望着姑娘的胸际，浮现出一副安详而平静的神色。他那久病的身体虽然很衰弱，却显出一种甜美的调和。他枕着围巾，再从鼻子下面将嘴巴盖严，然后再向上包紧面颊。一会儿滑落下来，一会儿缠到鼻子上。男人眼睛将动未动之际，姑娘便轻轻地为他重新围好。两个人若无其事地重复同一个动作，连岛村都看得心烦意乱。还有，男人包在腿上的外套，下裾不时张开，垂挂下来，姑娘也会立即发现，随时给他裹紧。这一切都显得十分自然。看那情形，他们像是忘记了里程，仿佛要去很远很远的地方。因而，岛村眼里所见没有悲伤的愁苦，而像是眺望一种梦中之景。这也许都是来自这面奇妙的镜子吧。

　　镜子深处漂流着暮景，就是说映射的物体和镜子如电影里的叠影一般相互运动。登场人物和背景毫无关系。并且，透明飘渺的人物影像，和朦胧流泻的夕晖晚景，两相融和，共同描摹出一个超脱现实的象征的世界。尤其是，当姑娘的面孔中央燃亮山野灯火的时候，岛村的心胸为这难以形容的美丽震颤不已。

　　遥远的山巅上空，微微闪射着夕阳的余晖。越过车窗所见到的风景，虽然直至远方还保持着轮廓，但已经失去了光彩。不管走到哪里，平凡山野的姿影越发平凡。正因为没有什么特别引人注意的地方，反而涌动着一股浩大的感情的洪流。不用说这是因为有一张少女的面孔浮现在其中。映射在窗镜上的姑娘的脸庞周围，因为不断流动着暮景，姑娘的脸就显得透明起来。不过是否真的透明，由于打脸庞后面流泻的暮景总误以为是从脸庞前面通过的，定睛一看，则变得难以捕捉。

车厢里不太明亮，没有真正的镜子那种效果。几乎没有什么反射。所以，岛村在看得入迷的时候，渐渐忘记了镜子的存在，只觉得一位少女漂浮在流动的暮景之中。

这个时候，她的脸的中央燃亮了灯火，镜子里的映像不足以遮蔽窗外的灯火，那灯火也不能抹消映像。于是，灯火就从女人的脸中央流了过去。但是没有给她的面孔增加光艳。这是远方的冷光，只是照亮了那纤巧的眼眸四周。就是说，当姑娘的眼睛和灯火重叠的瞬间，她的眼睛宛若漂荡在夕暮波涛间的妖艳的夜光虫。

叶子当然不会想到有人这样盯着她看，她一心扑在病人身上，即便向岛村那里回一下头，也不可能望到映在窗玻璃里自己的影像，更不会留意那个眺望窗外的男人。

岛村长久偷看叶子，他忘记了这样做对她是一种不礼貌的行为。他也许被夕暮镜子里非现实的力量征服了。

所以，她呼叫站长时有点过于认真的样子，也被岛村看在眼里。抑或此时，他也是好奇心占了上风，很想听听那姑娘的故事。

　　列车经过信号所时，窗户上只是一片昏暗，对面风景的流动一旦消隐，也就失去镜子的魅力。叶子美丽的容颜虽然还在映现着，尽管她的动作多么体贴入微，但是岛村却发现她内心里存在一种清澄的冷寂。他不想再揩拭窗玻璃上的水汽了。

　　然而，半小时之后，没想到叶子他们和岛村在同一个车站下车了。他想，说不定还会发生什么和自己相关的事情，因而回头看了看。一接触站台上的严寒，他就深悔自己在车上的非礼行为，头也不回地打机车前边绕了过去。

　　男子攀住叶子的肩膀，打算穿过线路，这时，站台人员从这边一扬手制止住了。

　　不久，黑暗里驶来一列长长的货车，遮住了他们两人的身影。

二

　　旅馆接客的伙计，煞有介事地一身防雪服装扮，好像火灾现场上的消防队员。包着耳朵，套着长筒皮靴。候车室站着一个女子，身披蓝色斗篷，戴上风帽，透过窗户望着线路方向。

　　待在车厢里时的热气尚未消散，岛村还没有感受外头真正的寒冷，但因为是初次体验雪国的冬天，他被当地人的这身打扮首先吓了一跳。

　　"难道真的这么冷吗？"

　　"可不，已经完全是过冬的准备啦，晴雪的前一个晚上尤其冷。今夜要到零度以下呢。"

　　"现在就是零度以下了吧？"岛村注视着房檐下可爱的冰凌柱，和伙计一同登上汽车。雪色把家家户户本来就很低矮的屋脊，压抑得更加矮小，整个村子似乎都沉到了雪底下。

　　"果然是，摸到哪里哪里都是冰冷冰冷的啊！"

"去年最冷是零下二十度。"

"雪呢？"

"雪呀，一般七八尺，多的时候超过一丈二三尺哩！ ①"

"你说是以后吧？"

"是以后呀。这场雪是前个时期下的，只有尺把厚，大部分都化了。"

"还会融化啊？"

"还不知道何时会下上一场大雪呢。"

时令是十二月初。

岛村患感冒鼻子一直堵塞，这时一下子通到脑门芯，仿佛洗净了一切脏污，鼻水不住滴滴答答流下来。

"师傅家的那个姑娘还在吗？"

"哎，还在，还在。刚才您下车时没有看见她吗？她披着深蓝色的斗篷。"

"那就是她呀？回头能叫她来吗？"

"今晚上？"

"今晚上。"

"听说今天师傅的儿子坐末班车回来，她去迎接了。"

那位黄昏暮景的镜子映射的叶子所精心护理的病人，就是

---

① 与越后汤泽同属南鱼沼郡的越后盐泽人铃木牧之的《北越雪谱》曰："凡日本国中，古往今来，人们皆以越后为第一深雪之地也；然于越后，雪深达一二丈者，当数我鱼沼郡也。"

岛村前来会见的女人家中的少爷。

知道这一点，岛村自己的心里豁然亮堂起来了。围绕这层关系，他也不觉得有什么奇怪了。他反而对这个不觉得奇怪的自己而感到奇怪起来。

那个凭指头记忆的女子和眼睛里点亮灯火的女子之间，究竟会有些什么关系？又将会发生些什么事情呢？岛村不知为何，他心里似乎感觉到了什么。也许还没有从夕暮的镜子里清醒过来吧，那黄昏暮景的流动，莫非就是时间流逝的象征吗？他忽然泛起了嘀咕。

滑雪季节之前的温泉旅馆客人最少，岛村在馆内浴场①洗完澡，已经夜深人静了。他在古旧的走廊上每跨一步，玻璃窗就微微震动一下。尽头长长的柜台拐角处，一位女子长裙拖曳，亭亭玉立在寒光闪亮的黝黑的地板上。

她到底还是做艺妓了？他看到那身裙裾，猛然一怔。然而，她既没有迈步走过来，也没有做出任何迎迓的姿态。她只是站着一动不动，岛村远远看见她那肃穆的神色，急急走了过去，他站在女人身边沉默不语。涂满浓浓白粉的女子欲破颜为笑，反而显得一脸悲戚，一句话没说，两人一同向房间那边走去。

有过那段情，既不写信，也不来见面，更没有按约定寄来

---

① 馆内浴场：原文为"内汤"（uchiyu），温泉旅馆馆内浴场，同建筑物外庭园浴池"外汤"（sotoyu）相对应。

舞蹈造型的书什么的。这在女人看来，还不是回头一笑，就把自己给忘了？所以，照理说，岛村应当主动道歉，或者说明缘由才是。两人虽说谁也不瞧谁一眼，但凭感觉，岛村知道，她不但不怪罪自己，反而满心思念着自己。当他明白了这些之后，就越发感到，不管自己如何解释，那些话就越显得自己不是个真诚的人。他被女人身上涌现出来的甜美的喜悦包容了，两人一起来到楼梯口。

"它对你记得最清楚。"他左手握着拳头，伸出食指，突然杵到女人眼前。

"是吗？"女子攥着他的手指，紧紧不放，手挽手登上楼梯。

走到被炉前，她松开手，脸孔一下子红到了耳根。她想遮掩过去，又慌忙拉住岛村的手：

"它还记得我？"

"不是右手，是这只。"他从女人的手掌里缩回右手，伸进被炉，又将左拳头给她看。她若无其事地说：

"嗯，我知道。"

她含着微笑扳开岛村的手掌，把脸贴了上去。

"它还记得我？"

"哦，好冷啊，这么冰凉的头发还是第一次接触呢。"

"东京还没下雪吗？"

"你那时候说的话，看来是骗我的。要不然，谁会在这年关跑到这个寒冷的地方来呢？"

三

"那时候"——指的是过了雪崩危险期，进入新绿满眼的登山季节的那段时间。

不久，木通①新芽也要从饭桌上消失了。

游手好闲的岛村自然地对自己失去了真诚，他想借山野唤回真诚，于是一个人就到山间散心来了。那天晚上，他在国境的群山游荡七天之后，下山来到温泉场，吩咐召一位艺妓陪夜。那天举行修路工程竣工典礼，十分热闹，连村里的蚕房兼剧场都临时当作宴会厅了。十二三个艺妓，本来就人手不足，哪里还能临时叫得到？听说师傅家的姑娘也到宴会上帮忙了，

---

① 木通：又名山通草、野木瓜，生于山野的蔓生植物。春季发新叶，开淡紫色花；秋季结椭圆形果实，熟后裂开有芳香。蔓茎可用于编筐篮，果实可入药，新芽还可食用。

跳上两三轮舞就回来，要不就叫她来也行。岛村又仔细问了一遍，一位侍女大致讲了下面的情景：三味线和舞蹈师傅家的姑娘虽说不是艺妓，可大宴会也时常请去，这里没有年轻的雏妓①，许多人年龄大了，不愿意出去跳舞，所以姑娘就显得特别宝贝。她倒很少单独去旅馆应客，但也不是个纯粹的素身子。

　　侍女的话听起来有些怪，岛村没放在心里。过了一小时光景，女子在侍女的带领下竟然来了，岛村一惊，立即端坐着。侍女正要离开，女子拽住她的衣袖，叫她也坐下来。

　　女子给他的印象是出奇地清洁，看来就连脚趾丫里也很干净。岛村甚至怀疑是不是因为自己的双眼看了太多山里的初夏，才有如此联想。

　　她虽然有几分艺妓的装扮，但裙裾自然不会拖在地上，里面也规规矩矩穿着一件柔软的单衫。高价的腰带似乎有些不合身份，但看上去反而使人顿生怜悯。

　　先是谈了一些山中见闻，侍女出去了。村子周围可以看到的这些山峰，女子大都叫不出名字，岛村也无心再喝酒了。女子便出于意外地直接对他说，她就生在这个雪国，到东京做陪酒女期间，被人赎出，打算将来做个舞蹈师。哪知一年半后，那位恩人就死了。打从那人死后到今天为止，这也许才是她的

---

① 雏妓：原文为"半玉"（han'gyoku），指只领半额"玉代"（月薪）尚未出师的艺妓。出师的艺妓称为"一本"（ippon）。下文的"陪酒女"（原文为"御酌"），亦同"半玉"。

真实的身世，可她也不急于全部抖搂出来。她说自己十九了，要是真的，那么十九岁的她，看起来像是二十一二岁的人了。岛村开始找到了宽松的话题，便谈起歌舞伎来。对于俳优的艺风和信息，女子比岛村更精通。也许渴望着这样一位可以倾诉衷肠的人，她一个劲儿说着，不由露出花街女子的根性来。她似乎很熟悉男人的心思，但尽管如此，岛村一开始就把她当作淑女看待。一个星期没有开口和人说话了，他心里充满了对于人世的思恋和温情。岛村首先从女子身上感受到一种类似友谊的东西。甚至山野的感伤也牵连到女子身上来了。

翌日午后，女子将入浴用具放在廊下，顺便到岛村屋里来玩。

她身子尚未坐稳，他就突然说想叫她帮着请个艺妓来。

"帮忙请人？"

"不是明白了吗？"

"这怎么行？我到这里来，做梦都没想到，您会叫我干这种事情。"女子嗔怒地转身走到窗前，眺望国境的群山，面颊泛起红晕。

"这里没有那种人啊。"

"撒谎！"

"是真的。"她又猝然转过身来，坐到窗台上。

"绝对不可勉强人家的。艺妓都是自由身，旅馆一概不做这种事。不信，您随便找个人问问就知道了。"

"我想托你帮帮忙。"

"为何非要托我干这种事情呀？"

"我把你当朋友啊！既然是朋友，怎么好意思跟你调情呢？"

"这就叫朋友啊？"女子被他的话激得像个小孩子似的。接着，她甩出这么一句：

"您真了不起，这种事儿也能托我。"

"这又算什么呢？我在山上养好了身体，可头脑还是不清晰，即便和你也没法说知心话儿。"

女子低眉沉默不语。这样一来，岛村也显现出一个男人的厚颜无耻，不过她对这些早习以为常，十分通达地理解了对方的意思。岛村凝望着她，也许眉毛太浓密了，她低俯的眼睛显得那般温婉而娇媚。女人的脸庞左右稍稍摇动着，又染上薄薄的红晕。

"您找个可意的吧。"

"这事得问问你呀。我初来乍到，怎么知道谁长得漂亮？"

"要找漂亮的？"

"年轻就行。年纪轻轻，就不会出大差错。只要嘴不狂、不唠叨个没完就好。傻乎乎的也不要紧，要干净些的。闲聊时我可以叫你来嘛。"

"我才不来呢。"

"别瞎说！"

"哼，就不来，还来干什么呀？"

"我想和你清清爽爽地交往下去，所以才不打你的主意啊！"

“真会说！”

“要是有了那种事儿，明天就不愿意再见到你，说起话来也不自在了。我从山上来到村子里，好不容易有个亲近的人，所以我不想作践你。不过，我到底是个出门在外的人啊！”

“嗯，这倒也是。”

“不是吗，从你来说吧，假如我找的是你讨厌的女人，以后见到了，也会恶心的。要是你替我挑，那就好多啦。”

“那谁晓得？”她冲了他一句，又蓦然转过脸去，“说的也是。”

“要是咱俩热络了，就糟啦。那多难为情，也不能长久相处了。”

“是啊，大家都这样。我生在港镇，这里是个温泉场哩。”想不到女子说得很直率，“客人大都是来旅行的，我虽说还是个孩子，可也听好多人说过，他虽然喜欢你但当面不肯说，这种人才叫人时时想着他，永远不忘记。分别后也一样。对方一旦想起你，给你写信来的，一般都是这一类人。”

女子离开窗户，这回轻柔地坐到窗下的榻榻米上了。看她脸色，似乎想起遥远的往日，急急滑向了岛村身旁。

女人的声音满含真情，这倒使得岛村感到内疚，想到不该轻易欺骗了她。

但是，他没有说谎。女人本来是个淑女，他虽然想找女人，但也不必对她有所欲求，就能问心无愧地得手。她太清纯了！从见到她第一面起，他就将她另眼相加。

况且，那时他还没有选定夏天的避暑地点，他打算带家属到这个温泉场来。这样一来，这女子幸好是个淑女，就可以陪伴妻子游玩，教妻子学习跳舞，消烦解闷儿。他确实这么想过。他虽然对女子产生一种情谊，但还是相应地渡过了这一关。

不用说，在这里也有一面岛村窥看黄昏暮景的镜子。他不仅不愿意和这种身份暧昧的女子藕断丝连，而且他认为，这也和夕暮火车车窗上映射的女子面颜一样，不过是一种虚幻的影像罢了。

他对西洋舞蹈的兴趣也是如此。岛村出生于东京下町①，幼小时就迷恋歌舞伎和戏剧，学生时代偏爱流行舞和歌舞。他富有钻研精神，不达目的决不罢休。他涉猎古代记述，遍访流派宗祖，不久，又结交日本舞新人，写作研究和批评的文章。这样一来，无论在日本舞沉滞时期或者自以为是的新的探索之中，他都有一种切实的不满足感。于是，他打定主意，决心投身于实际运动之中。但当他受到日本舞蹈青年演员招请时，又猝然换马，转向西洋舞蹈了。日本舞蹈完全不看，而开始搜集西洋舞蹈的书籍和照片，甚至不辞劳苦从国外将宣传画和节目单之类弄到手。他绝非仅仅出于对异国和未知世界的一颗好奇心，他由此重新获得的喜悦，在于目无所见的西洋舞蹈。岛村

---

① 下町：东京平民百姓聚居的商业闹市，如下谷、浅草、神田、日本桥、京桥等地。与此相对的山手区，则是富裕阶层的居住地区。

根本不看任何日本人跳的西洋舞蹈。借助西洋印刷品写写谈论西洋舞蹈的文章，没有比这更轻而易举的事了。未曾一见的舞蹈是另一个世界的故事，只能是纸上谈兵、天国之诗。名为研究，实际是凭空想象，不是欣赏舞蹈家鲜活肉体跳跃的艺术，而是欣赏西洋语言和照片所浮现出的本人空想跳跃的幻影。这是一种捕风捉影的情恋。况且，他写一些介绍西洋舞蹈的文字，好歹也算个文人。他有时借此解嘲，以抚慰自己随处漂泊的心灵。

他的这些有关日本舞蹈的话题，使得女子对他更加亲近起来。可以说这些知识相隔多年之后又在现实中发挥了作用。然而，这或许因为岛村不知不觉将这女子当成西洋舞蹈对待了。

所以，当他觉得自己含有淡淡旅愁的话语，触及她生活中的隐痛时，他觉得欺骗了这个女子，心里十分后悔。

"这样的话，下回我带家属一道来，你们可以好好玩玩了。"

"哎，这个我知道了。"女子放低声音，微笑着说，随后带着几分艺妓的神色调笑道：

"我也很喜欢那样，味淡而情长嘛。"

"所以请你代我叫一个呀。"

"现在？"

"嗯。"

"您真行，大白天亏您开得了口！"

"我不要被人拣剩的。"

"瞧您说的，您当这里是捞钱的温泉场呀？那是打错了算盘。您看看村里的样子还不清楚吗？"女人带着一副意外认真的口气，再三强调这里没有那样的女人。岛村一怀疑，女子就一本正经起来，且退让一步说：至于要怎么做，这得由艺妓自己决定，不过，要是不给主家打招呼就外宿，那是艺妓自己的责任，出了事主家①是不管的。要是跟主家打了招呼，那就是主家的责任，不论有什么事都会担待到底。就这一点不同。

"责任是指的什么？"

"比如有了孩子，或者弄坏了身子什么的。"

岛村对于自己这个颇为傻气的问题苦笑了一下，心想，这个山村说不定会有这种满不在乎的事情。

游手好闲的他自然有心要找到一种保护色，他对各地的社会民风抱有本能的敏感，从山上下来，就能从这座村子朴素的景象之中获取安闲和舒适。听旅馆人说，这里是雪国生活最舒心的村庄之一。前几年铁路未开通之前，这座村子就是农家百姓的温泉疗养地。有艺妓的家庭，挂着餐馆或小豆汤店的褪色的门帘，看到那煤烟熏黑的旧式格子门，人们就怀疑，这里会有客人登门吗？在所谓日用杂货店和茶食店里，只雇有一名艺妓，主人除了店里生意之外，还到农田里干活。看来她是师傅家的姑娘，没有营业执照②，偶尔去宴会上帮帮忙。这样做也不

---

① 主家：原文为"抱主"（kakaenushi），管理艺妓的主家。

② 营业执照：原文为"鉴札"（kansatsu），即"营业许可证"或"执照"之意。按当时规则，作为艺妓必须向警察署及时领取"鉴札"，凡持有"鉴札"的艺妓，不许随便带往他处，违者处罪。

会使其他艺妓说闲话。

"一共多少人？"

"您说艺妓？十二三个人吧。"

"什么样的人好呢？"岛村站起来去按门铃。

"我回去啦？"

"你不能回去！"

"我不愿意。"女子屈辱地摇摇头，"我要回去。放心吧，我不在乎。我还会来的。"

可是一看到侍女，她便若无其事地重新坐正身子。侍女问她想找哪一个，问了几次，她都不肯提名字。

不一会儿，一个十七八岁的艺妓进来了，岛村一眼瞅到她，下山来村里寻欢的热情顿时凉了。她一双黝黑的膀子，瘦骨嶙峋，看样子带着几分稚气，人也还好，所以他极力不显露出一副扫兴的神情，向艺妓那边瞧过去。实际上，他的眼睛是被她身后新绿的群山迷醉了。他也不想再说什么，总之，这是一个山里的艺妓。看见岛村闷声不响，那女子颇为识相地默默站了起来。这时，场面更加尴尬，这样僵持了一个多小时，岛村心里琢磨，如何用个巧妙的办法才能将艺妓打发回去。忽然他想到来过一张电汇单，就借口要马上跑一趟邮局，伴着艺妓一同离开屋子。

岛村走到旅馆门口，抬眼看到新绿飘香的后山，心向往之，撒野似的奔山上跑去。

也许感到有些蹊跷吧，他一个人大笑不止。

他太累了，又忽然回转身子，撩起浴衣，猝然向山下奔跑。脚底下腾起两只黄蝴蝶。

蝴蝶联翩飞舞，不久飞过国境的山峰，随着黄色渐渐变白，蝴蝶也越飞越远了。

"怎么啦？"

女子站在杉树荫里。

"您笑得挺开心啊！"

"打发走啦！"岛村又止不住大笑起来。

"走啦！"

"是吗？"

女子飘然转过身子，向杉树林里走去。他默默跟在后头。

这里是神社，布满苔藓的一对石兽^①旁，有一块平滑的岩石，女子在上面坐下来。

"这里最凉快，盛夏时节也有冷风吹来呢。"

"这地方的艺妓都是那副模样吗？"

"大体都差不多。中年里头倒有长得挺漂亮的。"她低着眉淡淡地回答。她的脖颈上印着一小团儿杉树的清荫。

岛村仰望着树梢。

"算啦，体力全耗尽啦，真好笑啊！"

---

① 石兽：原文为"狛犬"（komainu），神社等社殿门前两侧伏魔降妖、以示威严的狮子狗，据说是古代由高丽传入。一只开口欲呼"阿"（开始说话），另一只闭口欲呼"吽"（hōng，禁止出声），原为牛闭口而发出的声音，用于咒文，则为闭口不语之意。

这棵杉树很高，只有将两手向后支在岩石上，挺起胸脯才能望见梢顶。树干笔直而立，浓密的树叶遮蔽着天空，寂然无声。岛村背靠着的是其中一棵最古老的树干，不知为什么，北面一侧的树枝，到顶端全部干枯，一排光秃的丫杈如尖桩倒刺进老干内部，犹如凶神的刀剑。

"我打错了主意。下山来初次见到你，还以为这里的艺妓都很标致呢。"他笑了，本来他想，七天里在山间养精蓄锐，从而可以顺利地宣泄一番了。岛村到现在才明白，此种感觉，实际上也是因为初遇这位清纯无垢女子的缘故。

女子凝神眺望远方夕阳下光闪闪的河水，她有点寂寞难耐。

"啊，差点儿忘记了。这是您的香烟。"女子极力表现出一副轻松的样子，"刚才到您房间，看到您不在，不知出了什么事。您一个人拼命向山上跑，我是从窗户里看见的，好生奇怪。您忘记带香烟，我给您拿来了。"

她从袖袋里掏出香烟，给他点了火。

"真对不住那孩子啊！"

"没事儿，叫她什么时候走，还不是全凭客人一句话。"

布满石子的河流发出圆润、甜美的响声。透过杉树可以窥见对面山间襞褶的阴影。

"找不到一个和你相当的女子，以后见到你会后悔的。"

"我才不管呢，您倒是挺逞强的啊！"女子嘲讽似的说。和叫艺妓前大不相同，他们两个之间已经有了一种别样的感情。

一开始就想寻求这样的女子，又偏偏围着她远远绕圈子，当岛村彻底明白过来之后，他对自己甚感厌恶。同时，他发现这个女子异常美丽。女子站在杉树荫里呼唤着他，那窈窕的倩影使他浑身感到舒爽。

细长而稍高的鼻梁虽显一般，但下面小巧而紧凑的嘴唇，宛如时伸时缩的水蛭漂亮的环节，细嫩、柔软，沉默时仿佛也在不停蠕动。要是有了皱纹或颜色失当，就会给人不洁的感觉，但并非如此，而是显得滑润而晶莹。眼梢既不上挑，也不下垂，着意描成横直的眼睛似乎有些不大自然，却恰到好处地包裹在一双浓密而微微低俯的眉毛下边。丰腴的桃圆脸轮廓平凡，但皮肤犹如细白瓷上略施薄红，颈项也不显得肥满。因而，她是个美人，更是个洁女！

作为一个有过陪酒经历的女子，她的胸脯微微前挺。

"瞧，不觉间飞来这么多蚊子。"女子抖了抖裙裾，站起身来。

静谧之中，两个人面孔上都显现出百无聊赖的神情。

大约夜间十点钟，女子在廊下大声呼叫岛村的名字，她一头闯进他的房间，立即倒在桌子上。她喝醉了，双手在桌面上乱抓一气，大口大口地喝水。

听说今冬在滑雪场结识的一帮老相识，越过山岭来和她相会，他们把她请到旅馆，招来艺妓大大热闹了一场。她被灌醉了。

她头脑昏昏沉沉，一个人滔滔不绝地说着，接着又添一句：

"这不好，我得回去。他们不知出了什么事，会到处找我的。"她踉踉跄跄地走出屋门。

约略一小时后，长长的走廊又响起了杂沓的脚步声。她东倒西歪地走进来，高声喊道：

"岛村先生！岛村先生！"

"咦，不在吗？岛村先生！"

这纯粹是一个女子呼喊自己的心上人的声音。岛村大吃一惊。这尖厉的嗓音响彻整个旅馆，他迷惑不解地正要出去，女子一把戳破格子门，抓住门框，"骨碌"一声向岛村身上倒过来。

"唔，在屋里呀！"

女子小鸟依人，紧靠在他身上。

"我没有醉！嗯，谁醉啦？我好难受，好难受啊！可脑袋很清醒。啊，真渴。那种混合威士忌不行，一喝就上头，脑袋疼。那些人买的净是劣质酒，我哪里知道？"说着，她用手不住揉搓着脸孔。

外面骤然响起雨声。

女子稍稍放松，一骨碌倒下了。他搂住她的脖子，女子的发髻几乎被他的面颊压得散开来。他顺势把手探入她怀中。

女子没有答应他的要求，两只膀子像锁紧的门闩一样，紧紧压在他想要的东西上。她玉山倾倒，已经力不从心了。

"什么呀，这个玩意儿是什么呀？畜生，畜生！我累了啊！这玩意儿。"说罢，她猛地咬住自己的胳膊肘。

他连忙将她拉开，胳膊上留下了深深的牙印。

这时，她已经任他摆布了，开始胡乱地写起字来。她说她要写几个喜欢的人的名字给他看，接连写了二三十个影剧明星的名字，然后又写了无数个岛村的姓名。

岛村掌心里那团难以到手的温软而肥腴的东西渐渐发热了。

"啊，好啦，这下子放心啦！"他亲切地说，他有了一种母性的感觉。

女子又急剧痛苦起来，她挣扎着想站起身子，又一头栽到房间对面的一角里。

"不行，不行，我得回去，回去！"

"你怎么走？这么大的雨。"

"赤脚也要回去！爬也要爬回去！"

"太危险啦，要走也得我送你。"

旅馆在山丘上，有一段陡坡。

"松开衣带，躺一会儿，醒醒酒。"

"那怎么行，就这样，习惯啦。"女子坐正姿势，挺起胸。然而，她很憋闷，打开窗户想吐又吐不出来。她扭动身子，想一下子躺倒，但还是咬着牙忍住了。这样持续了好长时间，她时时强打精神，反复说"要回去，要回去"，不知不觉过了深夜两点钟。

"您睡吧，我叫您睡嘛！"

"那你呢？"

"我就这样，醒醒酒就回去。趁着天未亮回去。"她膝行过去，拉住岛村。

"别管我，睡下吧。"

岛村钻进被窝，女子趴在桌子上喝水。

"起来，听见了？叫您快起来。"

"你想叫我干什么？"

"您还是躺下吧。"

"你都说些什么呀？"岛村站起来。

他一把将女子拽过去。

女子不住转头，左右躲闪，突然她急剧地伸出嘴唇。

然而，其后她又像病中说胡话一样，倾诉满心的苦楚。

"不行，不行，您不是说好了要做朋友的吗？"这句话她不知重复了多少遍。

岛村被她那真诚的声音打动了。他皱起眉头，紧绷着脸，拼命控制自己。这种强烈的压抑使他兴味索然，他想信守和女子的约定。

"我还有什么可惜的呢？我绝不是可惜我自己。不过，我不是那种女人，我不是那种女人啊！您自己不是说过吗？这样就不能长久了。"

她醉意蒙眬，浑身酥软。

"这可不怪我呀，都是您不好。您输啦，都怪您，不怪我呀。"她虽然说得过于直露，但依旧抑制满心喜悦，咬住袖子不放。

好一阵子，她显得有些失魂落魄，安静了下来。忽然，她尖厉地叫道：

"您在笑我，对吗？您在嘲笑我呀！"

"我没有笑你。"

"您心里在笑我！现在不笑，以后肯定还会笑我的！"女子俯伏着身体抽噎起来。

随后，她又立即止住哭，紧紧依偎着他，温婉而亲密地详细谈起自己的身世。醉态里的那种痛苦仿佛一扫而光，对刚才的一切绝口不提了。

"真是的，只顾着说话，什么都不知道啦。"这回，她倒"扑哧"笑了。

她说趁着天还没亮必须赶回去。

"夜还很黑，这里的人都起得很早啊。"她几次站起来，打开窗户朝外看看。

"还看不见人影呢。今早下雨，没人下田吧？"

可是，雨夜里，等到对面山峦和山坡上的房屋依稀可见时，女子依旧不舍得离开，但还是赶在旅馆的人起床之前，整了整头发，又怕岛村送她到大门口会被别人看到。于是慌慌张张逃也似的独自跑了出去。岛村当天也回东京了。

四

"你那时候说的话，看来是骗我的。要不然，谁会在年关跑到这个寒冷的地方来？那以后我也没有嘲笑过你呀。"

女子蓦地抬起脸，贴在岛村掌心的眼皮至鼻子两侧，一片绯红，透过浓厚的白粉显露出来了。这颜色使人联想到雪国之夜的寒冷，但由于那一头乌黑的秀发，同时也感到无上的温馨。

她的脸上漂浮着炫目的微笑。这期间，她是想起"那时候"来了，似乎是岛村的一句话渐渐浸染了她的身子。女子蓦然垂下头，露出后颈，一直可以窥见殷红的脊背，仿佛剥离出一个鲜润而充满爱欲的裸体，在头发的映衬之下，更加相得益彰了。额头上的刘海儿细而不密，但根部粗壮，像男人的头发，没有一丝茸毛，宛若黝黑而厚重的矿石，光耀动人。

他手里第一次接触如此异常冰冷的头发，吓了一跳，他以为这并非寒冷的缘故，而是这种头发本身就是如此。岛村重新审视着，女子已经在被炉上面掐指计算开了。她算个没完没了。

"算什么来着？"他问道，她依然默默扳着指头。

"五月二十三日是吧。"

"是吗，是在数日子。七、八两个月可都是大月啊！"

"嗯，第一百九十九天。正好是一百九十九天呢！"

"真亏你还记得五月二十三这天。"

"看日记就立即明白啦。"

"日记？你每天记日记吗？"

"嗯。看旧日记很有趣。一个不漏全都写在上头了。自己读也觉得不好意思呢。"

"从什么时候？"

"到东京做陪酒女前不久。那时候手头紧，自己买不起日记本，就花上两三文钱买个杂记本，用直尺打上细格子，看样子铅笔削得很尖，所以线画得很整齐。于是，从上至下布满了密密麻麻蝇头小字。等到自己有钱买了就不行了，用起来大手大脚的。练字本来是用的旧报纸，后来就直接在一卷卷信纸上练起来了。"

"你一直坚持记日记吗？"

"嗯，十六岁和今年最有意思。经常从酒宴上回来，换上睡衣就写日记。回来时已经很迟，写着写着就睡着了，即使现在看看，也能记起当时的一些事情。"

"可不是吗。"

"不是天天都记，也有间断的日子。这山里头的筵席还不都是老一套？今年买到了每页都带月日的，谁知又失算了，因为一写就写得很长。"

比起日记，更让岛村意外的是女子记录小说的举动。没想到她从十五六岁时候起，就把读过的小说一一记下来了，这种杂记本有十本之多。

"写不写感想呢？"

"不会写感想，只是记下题目和作者，还有书里出现的人物的名字，他们之间的关系，等等。"

"光是记下这些有什么用啊？"

"是没有用。"

"简直是徒劳。"

"可不是吗。"女子毫不介意地明确回答。她深深地盯着岛村。

完全是徒劳！岛村不知为何，总想再强调一下，这时，他全身忽然被寂静征服了，这种可以倾听积雪崩裂的寂静，竟是从女子身上产生出来的。岛村明明知道，对于女子来说这并非徒劳，他的脑袋瓜里蹦出"徒劳"这个字眼儿，反而使他感到她的存在是多么纯粹。

从她话里可以得知，这女子所说的小说，同日常所使用的"文学"这个词儿毫无关系。她和村里人之间谈不上什么友谊，只是交换着读读妇女杂志，然后完全孤立地各人看各人的书，既无选择，也不求甚解。她只是在旅馆的客厅等处发现有些小说和杂志，随之借来读读罢了。不过，她也记住了一些新锐作家的名字，这些名字岛村基本都知道。然而，她的口气仿佛是在谈论外国文学遥远的故事，充满了一个毫无欲求的乞丐的哀鸣。岛村想，这就好比他借助外国书籍上的照片和文字，相隔万里，凭空想象西洋舞蹈究竟是什么样的舞蹈一样。

她又兴致勃勃谈起自己没有看过的电影和戏剧，似乎好几个月都在如饥似渴寻找这样一位谈话的伙伴儿。一百九十九天前那阵子，也是这般热烈地交谈着，并且主动投到岛村的怀抱。她好像忘记当时是如何的冲动，她自己的语言所描画的情景似乎又使她的身体燥热起来。

但是，这种对于都市事物的憧憬，如今也实实在在变得无可指望了，只成了缥缈的梦境。因此，较之那些都市逃亡者高傲的不平情绪，她更有着强烈的单纯的徒劳之感。她自己丝毫不因此而表现一副颓唐的样子，但在岛村眼里，却充满莫名的哀怨之情。假如一味沉沦于这种境况，那么岛村自己的存在也将变得徒劳，而陷入迷茫的感伤之中。然而眼前的她，在山野气息的熏染下却焕发着青春的朝气。

不管怎样，岛村都要对她重新审视，她现在当艺妓了，反而难于开口了。

那个时候，她烂醉如泥，浑身麻木。

"什么呀，这个玩意儿，是什么呀？畜生，畜生！我累了啊！这玩意儿。"她烦躁不安，照着自己的膀子猛咬一口。

她站不起来，身子一骨碌倒下了。

"我决不是可惜我自己。不过，我不是那种女人，我不是那种女人啊！"她想起她说过的话，岛村一泛起犹豫，女子很快注意到了，她立即加以反驳。

"是零点的上行车呀！"①正好趁着同时响起的汽笛声，她站起身子，气急败坏地猛然打开格子窗和玻璃窗，一跃坐到了窗台上，背靠着栏杆。

一股冷气流进屋子。火车的鸣叫渐去渐远，仿佛听到夜风的声音。

"喂，不冷吗？傻瓜！"岛村也走了过去，没有风。

一派冻雪崩裂的声响，仿佛在地层底下鸣动。严酷的夜景，没有月。谎言般众多的星辰，抬头一看，明光耀眼，闪闪漂浮，似乎皆以虚幻的速度继续沉落下去。群星渐次接近眼眉，天空渐渐高远，夜色更加幽邃。国境的山峦重重叠叠，模糊难辨，厚重的黑暗沉沉垂挂于星空的四围。一切都达到了一种清雅和静谧的调和。

女子发觉岛村走近她，立即趴在栏杆上。她一点儿也不显得纤弱，在夜景的衬托之下，她的姿影显得无比坚强。又来啦，岛村立即有了某种预感。

然而，山色尽管黑暗，但鲜丽的、银白的雪色映照得山野

----

① 当时一日之间火车很少，来往车次定时运行。

生机勃勃，于是，山峦使人感到似乎透明而又静寂。天空和山野谈不上调和。

岛村抓住女子的领口。

"要感冒的，这么凉。"他猛然把她往后拖，女子抓住栏杆哑着嗓子说：

"我要回去。"

"回去吧。"

"让我再这样待一会儿。"

"那我先去洗澡啦。"

"不要走，就待在这儿吧。"

"把窗户关起来。"

"让我在这里再待一会儿吧。"

村庄的一半掩映在守护神杉树林的绿荫里。乘汽车不用十分钟就到车站了，那里的灯火灼灼闪耀，仿佛将要被严寒摧毁，发出了毕毕剥剥的响声。

女子的面颊，窗户上的玻璃，还有自己的棉袍袖子，对于岛村来说，凡是手接触的地方，都使他第一次感到冰凉难耐。

脚下的榻榻米也冷起来了。他一个人想去洗澡。

"等等，我也去。"这次女子爽快地跟他一道去。

女子把他胡乱脱掉的衣服收拾到竹筐里，这时，进来一个男浴客，他一眼看到将脸藏在岛村胸前的女子。

"哦，对不起。"

"不，请吧，我们到那边的浴池去。"岛村立即应道。于是，光着身子抱起散乱的衣筐走向隔壁的女子浴池。女子当然装作一副夫妻的样子来。岛村默默不响，也不回头看一下，火速跳进了温泉。他放心地高声大笑，接着又连忙对准喷水口漱了漱嘴。

回到屋子，女子横卧着，微微抬起头，用小手指拢一下鬓发。

"好可悲呀。"她只说了这么一句。

女子似乎半睁着乌黑的眸子，凑近一瞧，原来是眼睫毛。

神经质的女子一直没有合眼。

坚挺的腰带发出很大的声响，岛村似乎醒了。

"这么早把您吵醒，实在不好意思。天还黑着吧。哎，不过来看看我吗？"女子熄灭电灯。

"能看见我的脸吗？看不清楚吗？"

"看不清楚，天还未亮啊。"

"瞎说，您再仔细瞧瞧。"女子敞开窗户。

"坏啦，能看见了。我得回去。"

这黎明的寒冷令人惊奇，岛村从枕上抬起头，天空还是夜色，山野已是早晨。

"对啦，不碍的，眼下是农闲时节，没有人一大早就外出的。不过，会不会有人上山呢？"她一个人自言自语。女子拖着扎了一半的腰带走着。

"现在五点的下行车没有乘客，旅馆的人还都没起床。"

腰带扎好了。女子走了一会儿，又坐了一会儿，接着她不断走到窗边盯着外面。就像夜行动物害怕早晨一样，她来回转悠，坐立不安。仿佛妖艳的野性发作了。

不知不觉，屋里明亮起来，女子绯红的脸庞十分显眼，岛村惊呆了，他凝神看着那艳丽的红潮。

"瞧，脸蛋儿都冻得发红啦！"

"我不冷。那是洗掉白粉的缘故。我一钻进被窝，一股热流直冲脚尖儿呢。"她转向枕畔的镜台。

"天终于亮啦！我该回去啦！"

岛村看着外面，一下缩回了头。镜子深处白光闪耀，那是雪。雪里浮现着女子艳红的面颊，显现出无可形容的清洁和俊美。

太阳升起来了，镜中的雪光冷艳似火，一片灿烂。女子的头发随着雪色漂浮，散射着紫黑的光亮。

五

　　旅馆的墙脚下开挖了一圈儿淌水沟，利用浴池里排放的热水融化积雪，大门口形成了一个泉水般浅浅的水洼。一条黧黑、肥壮的秋田狗，踩在脚踏石上久久舔着热水。库房里的客用滑雪板搬出来晾晒，那幽微的霉味儿经热气一熏，变淡了。雪块儿打杉树枝上掉下来，落在公共浴场的屋顶上，暖暖地散开了。

　　不久，从岁暮到新年，那条道路将被暴风雪封锁，再也看不见了。要去赴宴，就得套上防雪裤[①]，脚蹬长筒靴，披上斗篷，裹紧面纱。那个时候的雪深达一丈。再说眼下，岛村正在下山，他走的正是女子早晨从山上旅馆窗口里俯视的山路。然

[①] 防雪裤：原文为"山袴"（sanpaku），别名"雪袴"（yukibakama）、"猿袴"（sarubakama）。腰肢部宽松，小腿以下紧缩，便于日常劳作。

而，透过路边高高晾晒的襁褓下面，可以窥见国境上的群山，闪耀着悠闲的雪光。青绿的葱还没有被雪掩埋。

田地里，村中的孩子在滑雪。

从公路上一踏进村口，就能听到静静的雨滴般的声音。

屋檐下小小的冰凌柱泛着可爱的光芒。

一个洗澡归来的女人用湿手巾揩着额头，迎着炫目的雪光，抬眼望着屋顶上正在除雪的汉子，叫道："喂，顺便也给我们这边除一除吧。"

她似乎是趁着滑雪季节及早流落来这里帮工的女佣。隔壁玻璃窗上的彩画也陈旧了，屋脊歪斜着。这是一家饮食店。

家家户户的屋顶大都葺着细木板，上面排满了石头。那些浑圆的石头向阳的半面在雪里露出黝黑的质地，那黝黑的颜色是因为濡湿，更因为长久经受风雪的侵蚀而形成的。而且，那一排排低矮的房屋都和那些石头一样，乖乖地蹲伏于北国的这个角落里。

一群儿童一次次从水沟里抱来冰块，扔在路上玩。大概摔碎时飞散的冰块光闪闪的，很有趣吧。岛村站在太阳地里，感觉那冰块厚得令人难以相信，他盯着看了好半天。

一个十三四岁的女孩儿一个人靠在石墙边结毛衣。防雪裤下是高齿木屐，没有穿白布袜，赤裸的足踵裂了口子。一个三岁光景的小女童坐在她身旁的木柴堆上，不在意地握着线团。一根毛线从小女童扯向大女孩儿，这根灰色的旧毛线也发出温暖的光亮。

七八家滑雪板制造场里传来刨木头的声音。对面的屋檐下有五六个艺妓站着聊天儿。那位今早才从旅馆侍女嘴里知道艺名叫驹子的，也在这里头。好像是她先看到岛村，一个人走着，带着极为认真的表情。一定是满脸通红，故意装出无所谓的样子吧？岛村无暇考虑这些，驹子却早已红到了脖颈。要是那样，完全可以回一下头，可是偏偏局促地低着眉，一面随着他的脚步微微掉过脸去。

岛村脸上发烧，匆匆而过。驹子立即追过来。

"真叫人难为情啊，您怎么打这里走过？"

"难为情？我更是难为情呢。你们这么多人，差点儿吓退了我，平时也都是这样吗？"

"可不是，吃过午饭就到这里来。"

"你红着脸吧嗒吧嗒追过来，不是更加难为情吗？"

"管它呢。"驹子干脆地说，脸上又红了。她伫立不动，一把抓住道旁的柿子树。

"我以为您会路过我家里，才跑到这儿来的。"

"你家在这儿吗？"

"嗯。"

"给我看日记，我就去。"

"那些劳什子，我要是想死都会预先烧掉。"

"你家里有病人吧？"

"哎呀，您都知道？"

"昨晚上你不也去接车了吗？披着深蓝的斗篷。我也乘那班车，就坐在病人附近。旁边有位姑娘亲切而认真地照料着病人，那是他的妻子吧？是从这里去接的？还是从东京来的？就像母亲一样，我都看得受感动了。"

"您真是，这事儿昨晚怎么没给我说？干吗瞒着我？"驹子有些动怒了。

"是他妻子吧？"

然而，她没回答他。

"为什么昨晚不说？真是个怪人！"

岛村不喜欢女子这般厉害。不过，把女子惹怒的原因既不在岛村也不在驹子本人，看来这是驹子性格的展现。总之，岛村反复受到她的诘难，似乎被她触到了要害之处。今朝看见映在镜子中的驹子时，岛村也自然想起暮景里映在火车窗玻璃里的姑娘，可是为什么没把这档子事儿告诉驹子呢？

"有病人也不碍事，反正不会有人到我屋里来。"驹子闪入低矮的石墙。

右首是覆盖白雪的田地，左面沿邻家的围墙站着一排柿子树。房前是花圃，正中间有个荷塘，里面的冰被捞到了岸边，红鲤鱼在水里游动。房子枯朽得似柿树的老干，积雪斑驳的屋顶，木板烂了，庇檐歪歪扭扭。

进入门内，一阵透心的寒冷，摸黑登上了梯子。这确实是个梯子，上面的房间也是真正的阁楼。

"这里是蚕宝宝的房子，很感惊讶是不是？"

"要是喝醉了回家，还不经常打梯子上摔下来？"

"是要摔下来。不过那时一坐进被炉，大体就那么睡着了。"驹子将手伸进被炉的被子底下试了试，然后去取火。

岛村环顾一下这座奇怪的房子，南边只开着一扇低矮的窗户，细木格子门新贴了纸，光线很明亮。墙壁上仔细地糊着白纸，所以好似钻进了旧纸箱子。但头顶的屋脊内部整个儿低俯在窗户上，脑门上仿佛笼罩着一团"黑色的寂寞"。他猜想，墙壁的对面该会是怎样的呢？这座房子犹如吊在空中，有一种不稳定之感。但墙壁和榻榻米虽然古旧，却非常清洁。

驹子蚕一般透明的身体，就住在这里吗？

被炉上的被子是和防雪裤一样的斜纹棉布做的，衣箱陈旧了，却是纹路整齐的桐木，浸染着驹子东京生活时期的馨香。与此不大相称的是那只粗糙的镜台。红漆的针线盒依然闪耀着华贵的光泽。墙上嵌入一块块木板，那是书柜吧，上面垂挂着毛织的帘子。

昨夜的宴会服挂在墙上，衬衫露出枣红的里子。

驹子拿着火钳，很麻利地登上梯子。

"虽说是打病人屋里取来的，但这火可是干净的。"她低俯着刚理的发髻，拨弄炭火。听说病人患的是肠结核，是回老家等死的。

虽说老家，少爷也不是生在这儿。这村子是母亲的娘家。母亲在港镇做艺妓，后来就在那里当舞蹈师傅，没到五十岁就患上中风病，回到这个温泉地疗养。少爷从小就喜欢摆弄机器，进了一家钟表店，留在港镇。不久又到东京，上了夜校。

身子也许吃不住了。今年才二十六岁。

　　驹子一气说了这么多，但是带少爷回来的那位姑娘是谁？驹子为什么待在这个家里？依然一句都未提及。

　　然而光凭这些，在这座悬在空中的房子里，驹子的声音也能传到了四面八方，岛村心里很不踏实。

　　走出门口，一件东西泛着白色闯入眼帘，回头一看，是桐木的三味线盒子。似乎比实物又长又大，背着这玩意儿赴宴简直令人难以置信。正当这时，煤烟熏黑的隔扇打开了。

　　"驹子姐姐，可以从这上面跨过去吗？"

　　清澄而优美的声音近乎悲戚。这声音似乎又从哪里弹回来了。

　　岛村记得，这是那位叶子姑娘从夜行火车的窗口呼叫站长的声音。

　　"可以。"驹子回答。叶子穿着防雪裤，蓦地跨过三味线，她手里拎着玻璃尿壶。

　　昨晚和站长谈得很熟，又穿着防雪裤，看来叶子明明是这一带的女孩子。一副华丽的腰带有一半露在防雪裤外头，黄褐色的防雪裤和黑色的粗纹棉布十分惹眼，毛织的长袖也一样鲜艳夺目。防雪裤在两膝上边开衩，看起来宽松肥大，而且又是硬挺的棉布，似乎显得很舒适。

　　叶子冷不丁儿睃了岛村一眼，一声不响地走过门口。

　　岛村来到外面之后，叶子的眼神在他额上烧得他难以忍受。那眼神像遥远的灯火一般寒冷。为什么呢？当他凝望映在火车玻璃窗里叶子的容颜时，山野的灯火从她眼前流去，灯火和眼眸相重合，欻然一亮的当儿，岛村为着那种难以言说的美丽而惊颤不已。他抑或回忆起昨夜的印象来了吧？说到这个，他也同样想起镜里一派白雪之中浮现出的叶子的红颜。

他加快了脚步。尽管生就一双肥硕、白嫩的腿脚，但喜欢登山的岛村，一面眺望着山野，一边轻松愉快地走着。不觉之间便疾步如飞。对于随时拿得起放得下的他来说，那夕暮的镜子和晨雪的镜子，很难使人相信是人工做的。那是一面自然的镜子，那是一个遥远的世界！

就连刚刚离开的驹子的小屋，也已经成为遥远的世界。他对自己甚感惊讶，登到坡顶，一位按摩师傅走来，岛村立即钉住她问："师傅，能给我揉揉吗？"

"那么，现在是什么时辰了？"说罢，她把竹杖夹在胳肢窝里，右手从腰带里掏出带盖的怀表，用左手指摸索着表盘。

"二时三十五分过了。我三时半必须赶到车站，不过迟一点儿也没关系。"

"你能清楚地知道钟表的时间？"

"我把玻璃盖子拿掉了。"

"一摸就能知道了吗？"

"数字摸不到。"她又一次掏出女子用起来稍大的银制大怀表，打开盖子，这里是十二点，这里是六点，正中间就是三点。她按着手指示意地说。

"然后加以推算，一分不差不敢说，但绝不会有两分的误差。"

"是吗，你走坡道不怕滑倒吗？"

"下雨时女儿会来接的。晚上给村里人按摩，已经不大上山啦。旅馆的侍女说是我丈夫不放我出来，真是没法子。"

"孩子都大了吧？"

"是呀，大女儿十三啦。"她说着进了屋，默默按摩了一会儿。远方的筵席上传来三味线的声音。

"这是谁呀？"

"从三味线的音色上，你能知道是哪个艺妓弹的吗？"

"有的能知道，有的不知道。少爷，看来您过得是好日子，细皮嫩肉的。"

"不感到僵硬吧？"

"论僵硬，脖子挺僵的。身子生得很匀称，不喝酒是吧？"

"你什么都知道啊！"

"我还熟悉三位客人，他们的体形和少爷您一样。"

"我的这种体形平凡至极啊！"

"可又说回来，不喝酒还有什么意思呢？借酒浇愁嘛。"

"你丈夫喝不喝酒？"

"怎么不喝，真难办呀！"

"这是谁在弹三味线？好难听啊！"

"可不。"

"你也弹琴吗？"

"弹的，从九岁练到二十岁，有了丈夫之后，十五年没弹啦。"

岛村想，盲女看起来比她年龄更显得年轻。他问道：

"你小时候学琴艺还是满扎实的吧？"

"手是已经变成按摩师的手了，但耳朵还能分辨。所以一听到艺妓弹得这么糟，心里就着急。真的，就好像过去自己弹的那样。"说着，她又侧耳细听：

"这是井筒屋的文子那丫头吧？弹得最好的和弹得最差的我全都清楚。"

"谁弹得最好？"

"驹子那孩子，年纪轻轻，这阵子弹得可熟练啦！"

"唔。"

"少爷，您认识她吗？说她一手好琴艺，也只是在这座山村里。"

"不认识。不过，她师傅的儿子回来了，昨晚我和他同一趟火车。"

"哦，他病好以后回来的？"

"看样子还没有好。"

"啊？听说那位少爷长期在东京治病，驹子这孩子今年夏天当了艺妓，挣钱给他寄去了住院费，这到底是怎么回事啊？"

"你是说那个驹子？"

"看在未婚夫这个分上，能尽力的也都该尽力做好，可这样下去何时能了呢？"

"你说是她未婚夫，真的吗？"

"是的，听说是未婚夫。我也不清楚，都这么说呀。"

在温泉旅馆听按摩师傅讲艺妓的身世，虽说极为寻常，可是反而会遇到一些意想不到的事情。驹子为了未婚夫去当艺妓，这也是小事一桩，不过在岛村看来，他感到不可理解。也许这件事本身是同道德规范相冲突的缘故。

他还想继续更深入地问个仔细，可是按摩师傅却沉默不语了。

驹子是师傅儿子的未婚妻，叶子是他的新情人。可是，那儿子不久就要死了，岛村的头脑又泛起"徒劳"这个词儿。驹子守住未婚妻的名分，甚至卖身为他挣钱治病，这不是徒劳又是什么呢？

岛村盘算着，要是再见到驹子，就迎头给她一句"徒劳"，可转念一想，他反而感到她的存在是纯粹的了。

这种虚伪的麻木藏着寡廉鲜耻的危险性，岛村细细品味着其中的奥秘。按摩师傅走了之后，他躺下睡了，可心底里一阵冰冷。一看，窗户依然大敞着。

山峡里太阳很快掠过，寒冷的黄昏及早降临了。晦暗中，夕阳映照着远山积雪的峰峦，看起来近在咫尺。

不一会儿，远近高低的连山渐次清晰地显现出或浅或深的襞褶，淡淡的残曛流连忘返，积雪的峰顶晚霞灿烂。

村庄的河岸、滑雪场、神社，随处点缀着一团团杉树黝黑的阴影，十分显眼。

岛村正在承受一种虚幻的痛苦折磨的时候，驹子仿佛伴着温暖的阳光走了进来。

听驹子说，欢迎滑雪客的筹备会就在这家旅馆举行。她应召参加当晚的宴会。驹子坐进被炉，她蓦地抚摸一下岛村的面颊。

"今晚上很白，挺怪的呀。"

她就像要揉碎似的抓起他脸上柔软的肌肉。

"您是傻瓜！"

她有点儿醉了。宴会结束后，她又来了。

"不知道，我不知道。头疼，我头疼！啊，真难，真难啊！"她说着，一头倒在镜台前边，醉醺醺的，脸上闪过奇怪的表情。

"我很渴，快给我水喝！"

她双手捂着脸，顾不得发型散乱地倒在地上，不久又坐起来，用冷霜洗去白粉，露出通红的面庞，驹子独自一人得意地笑起来。有趣的是，她很快清醒了，瑟瑟地震颤着双肩。

接着，她用沉静的口吻对他说，整个八月，她都在患神经衰弱，头脑一直昏昏沉沉的。

"我担心我会发疯。我一直都在苦苦思索，我自己也不知道，究竟在思索些什么。好可怕呀！一点儿也不能睡觉，只是到筵席上才能安稳些。夜里老是做梦，吃饭也不香，拿起缝衣针在榻榻米上戳来戳去没个完。又是大热天。"

"当艺妓是几月里？"

"六月。要不然，我如今也许到浜松去了。"

"去成亲？"

驹子点点头。浜松的男人一个劲儿催她结婚。她一直不喜欢那个男人，所以很犹豫。

　　"不喜欢就拉倒，有什么好犹豫的！"

　　"不能那样说。"

　　"结婚？你还有那股子劲头儿？"

　　"讨厌，不关这个。不过，我不把身边的事情安排妥帖，是不会结婚的。"

　　"哦。"

　　"您说话太随便啦。"

　　"那么，你和浜松那个男人有过什么瓜葛吗？"

　　"要是有，谁还会犯犹豫呢？"驹子提高了嗓门。

　　"不过他说了，只要我待在这块地方，他就不许我和别人结婚。否则，他会不择手段地加以捣乱。"

　　"浜松那么个远地方，你还担心这个？"

　　驹子沉默好大一会儿。她一直躺着，仿佛在品味自己身体的温暖。她突然不经意地说：

　　"我当时还以为自己怀孕了呢。现在想想真可笑。嘻嘻嘻。"她掩口笑起来，立即缩着身子，两只手孩子般紧紧抓住岛村的衣领。

　　紧闭的睫毛看上去宛如半睁半合的黑色的眼眸。

六

翌日早晨，岛村醒来，驹子一只胳膊支着火钵，翻开一本旧杂志，在上头乱涂乱画起来。

"哎，我回不去了。侍女来添火，真叫人难为情，吓得我一骨碌爬起来，太阳已经照到格子门上。昨晚喝醉了，就这么稀里糊涂睡着了。"

"几点了？"

"已经八点了。"

"去洗澡吧。"岛村起身了。

"不，走廊上会碰到人的。"她又变成一个规规矩矩的女子了。岛村洗完澡回来，她随即顶起一块手巾，动作麻利地打扫着房间。

她有些神经质地揩拭着桌腿和火钵的边缘，平整炭火也十分熟练。

岛村把腿伸进被炉，悠闲地躺卧着，烟灰掉落下来，驹子用手帕悄悄擦去，拿来了烟灰缸。岛村爽朗地笑起来。驹子也笑了。

"你要是有了家，丈夫肯定成天要挨你骂的。"

"可我什么也没骂呀。人家老笑话我，说我就连要洗的脏衣服也叠得整整齐齐。生就的，没办法。"

"所以说嘛，看看壁橱，就知道这家女人怎么样。"

早晨的太阳照得屋子暖洋洋的。

"真是好天气，要是早点回去，练练琴该多好。这样的天气，音色也不同啊。"

驹子一边吃饭，一边抬眼望着湛蓝的天空。

远处的山峦，白雪似烟，群峰包裹在乳白色的轻雾之中。

岛村想起按摩女的话，说在这里也能练琴，驹子霍然站起身来，给家里打电话，叫把换洗的衣服和长歌①歌谱一起送过来。

岛村心想，白天见到的那间屋子也有电话吗？这时，他脑子里浮现出叶子的一只眼睛。

"是叫那个姑娘送来吗？"

"也许是吧。"

"听说，你就是那家少爷的未婚妻？"

---

① 长歌：江户初期，上方（大阪、京都）地区流行的长篇三味线曲。

"哎呀，您什么时候听说的？"

"昨天。"

"真是个怪人，听说就听说了呗。昨晚为何不告诉我一声？"不过，这回同昨天白天不一样，驹子一直都是一副清纯的笑容。

"我不想伤害你，所以才没说。"

"心里根本不是这样想，东京人，都爱撒谎，我讨厌。"

"瞧，我一开口你就打岔，不是吗？"

"不是，您真的这么想？"

"真的。"

"您还在骗人。您明明不是这样。"

"我开始不理解，可是听说，你为了这门婚事当了艺妓，挣钱为他交医疗费。"

"讨厌，简直像演新派剧^①一样。谁说我定亲了？好些人都这么看。我也不是为了别人当艺妓，不过，我能做的还是应该做。"

"你说的我一点儿也猜不透。"

"直说了吧，师傅也许有这番意思，觉得我和他家少爷可以在一起。这只是她的想法，嘴里从来没说过。师傅的心思，

---

① 新派剧：一种对抗所谓旧剧歌舞伎的戏剧。明治中期，川上音二郎等倡导以当代为题材的戏剧运动，初以自由民权思想的壮士为主角，后来脱离政治色彩，转而取材于社会问题，作为一门新的剧种而成长起来。明治末期，结合社会现实以上演催人泪下的悲剧为主。此处借以比喻容易引起悲伤的话题。

"哦，唱歌呀？学跳舞的时候也听熟了一些，还算凑合，新的歌是从广播里学，自己也不知道怎样。其中还有自己瞎琢磨的，想必很好笑吧。还有，在熟人面前不出声，碰到陌生人倒能放开嗓门大声唱。"她有些羞赧，摆了摆姿势，紧紧盯着岛村的脸，仿佛说："您点吧。"

岛村一下子被她慑服了。

他生在东京下町，从小熟悉歌舞伎和日本舞，听惯长歌的词句，自然也就记住了。但他没有亲自学习过。一说起长歌，他首先浮现于脑海中的是舞姿翩跹的舞台，而不会想到艺妓卖笑的筵席。

"真没劲，您真是个最叫人头疼的客人啊！"驹子咬住下唇，将三味线横放在膝头。不过，她似乎换了另外一个人，认认真真摊开练习歌谱说："今秋，一直都是练的这个谱子。"

她指的是《劝进帐》①。

忽然，岛村浑身一阵透凉，几乎使他绷紧了面颊，一股清冷之气直达五脏六腑。在他那朦胧虚空的头脑里，响彻了三味线的弦音。这音乐使他大为惊奇，更将他击倒在地。他承受着虔诚之念的冲撞和悔恨之思的洗礼。他自己已经毫无气力，只好舍身于驹子的艺术长河之中，任其随波逐流，以图心神涤荡

---

① 《劝进帐》：歌舞伎十八番之一，独幕剧。三世并木五瓶词，四世杵屋六三郎曲。叙述源义经为逃脱源赖朝迫害，与家臣辨庆装扮成化缘的和尚，巧妙通过安宅关的故事。

之快。

一个十九、二十光景的山野艺妓，弹起三味线，琴艺竟然如此高妙，弹奏的地点虽说是筵席，但这不正像舞台上的音乐吗？岛村转念又想，这也许只是自己对于这片山野的感伤之情所致吧。驹子时时生硬地念一句歌词，就说这里节奏太慢，又很麻烦，干脆跳过去。她不知不觉忘情地提高了嗓门，嘈嘈的弦音也激越地响彻四面八方。岛村害怕了，这种音乐究竟会传向哪里呢？于是他有些虚张声势似的枕着胳膊躺下了。

《劝进帐》一曲终了，岛村放下心来，"哦，这个女子爱上我了。"想到这里，他心绪一阵悲凉起来。

"这样的天气，音色也不同啊。"他抬头仰望雪后的晴天丽日，想起驹子说的这句话。空气也不同往常。既没有墙壁，也没有听众，更没有都市的尘埃，只有音乐透过这个纯粹冬日的早晨，径直飞向远方积雪的山峦。

永远面对山峡这片大自然的景观，不知不觉之间，她已经将其当作听众，一直进行孤独的练习，这早已形成了她的习惯，所以弹拨的力量自然强劲起来了。这孤独踏破哀愁，蓄积着野性的意志和力量。虽有几分基础，但从阅读音谱学习复杂的音曲，到撇开音谱独自弹奏，一定是靠着坚忍不拔的毅力而付出无数次努力才获得的吧？

驹子的生存方式，被岛村看成是虚空的徒劳，哀叹为遥远的憧憬；然而，她却凭借自身的价值，弹拨出凛凛动听的音乐！

岛村的耳朵无法辨认她是如何灵巧挥动着那双纤指，他单凭音乐感情加以理解，但对于驹子来说，他是一名相当好的听众。

　　当弹到第三支曲子《都鸟》①的时候，也许因为曲调本身过于柔艳，岛村紧张的心情放松了，而变得温馨而安然，他一味紧盯着驹子的面颜。于是，他越发体会到一种肉体的亲近之感。

　　细而高耸的鼻梁，虽然显得很平常，但面孔生动、高雅，仿佛切切自语："我就在这儿。"优美而鲜润的朱唇，紧紧吮缩在一起时，看上去光亮细腻，似乎还在微微蠕动；虽然随着歌唱时而张大，但又立即缩小下来，显得楚楚可爱，和她全身的魅力十分相合。微弯的眉毛下，眼角既不上挑，也不下垂，故意描成直线的眼睛，如今盈盈生辉，闪动着稚气的光芒。她没有施白粉，都市的接客生活使她通体明净，且染上几分山野之色，浑身的皮肤宛若新剥的百合和玉葱的球茎。她的颈项红润润的，看上去洁净无比。

　　她端然而坐，看起来像一位靓妆少女。

　　临了，她说眼下正在学习《浦岛新曲》②，一边看谱，一边

---

① 《都鸟》：安政二年（1855），二世杵屋胜三郎创作的长歌曲。描写东京隅田川春夏之交的美景，借助河中雌雄相从、浮沉嬉戏的都鸟，歌颂男女欢爱之情。曲调高雅。

② 《浦岛新曲》：以浦岛传说为题材的舞蹈剧。坪内逍遥作。

弹奏。驹子默默将琴拨子塞进琴弦，随之放松了姿势。

她立即变得风情万种，妩媚动人。

岛村没有说话，驹子也无心听取他的评论，她只是一味陶然自乐。

"这里的艺妓弹三味线，你只要听一下就能知道是谁吗？"

"我当然知道。不到二十个人呀。要是弹《都都逸》①就更好分辨了。这曲子最能弹出个人的特点来。"

然后，她捧起三味线，移动一下蜷曲的右腿，将琴担在小腿肚上，腰肢转向左侧，身子倾向右方。

"从小就是这么练习的。"她瞅着琴把子唱起来：

"黑——发——的——呀……"随着稚气的歌唱，也跟着响起铮铮的琴声。

"你一开始学的就是《黑发》②吗？"

"哪里呀。"驹子还像小时候那样摇着头。

---

① 《都都逸》：描写男女情爱的俗曲，由七七七五共二十六音组成。
② 《黑发》：练习长歌时的短曲。描写伊东佑亲的女儿辰姬与源赖朝相恋，后让情于政子，自己一边梳头，一边为相思所苦的情景。

七

　　从此以后，驹子在这里过夜，也不硬要赶在天亮之前回去了。

　　"驹子姐姐！"廊子远处传来了语尾上挑的呼喊声，是旅馆里的小女孩。驹子把她抱进被炉，一心一意逗她玩耍，快到中午，她带着这个三岁的小女孩去洗澡。

　　洗完澡又给她梳头。

　　"这孩子一见到艺妓，就尖声地叫'驹子姐姐'，最后一个字声音很高。照片或画面只要有留着日本发型的，都成了'驹子姐姐'。我喜欢小孩，知道孩子在想些什么。'小君呀，到驹子姐姐家里玩吧。'"她站起身来，又悠闲地坐到廊下的藤椅上。

　　"东京人好性急呀，这么早就滑起来啦！"

　　这间房子位于小山之上，可以清晰地看到南面山脚下的滑雪场。

岛村也从被炉里转过头去，只见斜坡上面白雪斑驳，五六个身着黑色滑雪服的人一直在山下稻田里滑着。那层层梯田，尚未被积雪掩盖，坡度也不大，选的实在不是地方。

"好像是学生，赶上星期天了吧，那样玩法会有趣吗？"

"不过，他们滑的姿势都很好呢。"驹子悄声地自言自语：

"在滑雪场上碰到有艺妓打招呼，人们总是惊叫一声：'是你呀？'她们在滑雪场上晒黑了皮肤，认不出来了。平时晚上看到的都是化了妆的。"

"也是穿的滑雪服吗？"

"是防雪裤。啊，真讨厌，真讨厌，在筵席上一碰上，就立即说：'明天在滑雪场再见吧。'今年不想滑雪了。再见吧，喂，小君，咱们走吧。今夜要下雪。下雪之前天气很冷啊。"

驹子走了，岛村坐在她坐过的藤椅上。他看见滑雪场前头的山坡上，驹子牵着孩子小手往回走。

云彩出来了。背阴里的山和日光照耀的山重合在一起，时阴时晴，变幻不定，显出一派薄寒的景象。不一会儿，滑雪场倏忽蒙上一片阴影。视线转回窗户下边，只见干枯的菊花篱笆上早已凝结了晶莹的冰凌柱。然而，屋顶融化的雪水流进竹管里，淙淙之声不绝于耳。

夜里没有落雪。一阵冰雹过后，下了雨。

回东京前的一个夜晚，月色清雅，空气凛冽。岛村再次叫来驹子，虽说快到十一点了，驹子非要出去散步不可，怎么说都不行。驹子动作有些粗暴，硬把岛村拖出被炉，拉着他一道去了。

道路已经结冰，村庄寒森森的，寂悄无声。驹子撩起衣裾，曳在腰带里。月亮明净，宛如蓝色冰海上的一把利剑。

"到车站去！"

"你疯啦？来回要走七八里呢。"

"您就要回东京了吧？我去看看车站。"

岛村从肩膀到两腿，冻得发麻了。

一回到房间，驹子猝然显得神情颓唐，她把双手深深探进被炉，低着头，久久不肯去洗浴。

被炉上面蒙上一层被子，褥子紧挨着地下火钵的边缘，铺成一个被窝。驹子面对被炉坐在一旁，一直俯首不语。

"怎么啦？"

"我要回去。"

"瞎说！"

"好啦，您休息吧，我就这么坐着。"

"为什么要回去？"

"我不回去啦。天亮前我就待在这儿。"

"你这么闹别扭，不好。"

"我没有闹别扭，谁给您闹别扭了？"

"那好吧。"

"嗯？我受不了呀！"

"什么呀，怪不得，来吧，没关系嘛。"岛村笑了。

"不会难为你的呀。"

"不行。"

"真傻，到处乱闯一气。"

"我要回去。"

"不要走嘛。"

"受不了啦，好吧，您回东京吧。我太难受啦。"驹子在被炉上悄悄埋下头来。

所谓受不了，还不是害怕同客人的关系越陷越深？也许每到这个时候，她实在打熬不住了。女人的心思已经到这个份儿上了吗？岛村一阵沉思起来。

"您快回去吧。"

"我打算明天就走。"

"哎呀，您为什么要回去呀？"驹子醒过来似的抬起头。

"可我这样一直待下去，又能为你做些什么呢？"

驹子含情脉脉望着岛村，突然带着激烈的口气说：

"您不能这样，您不能这样啊！"她焦躁地站起身子，猛然搂住岛村的脖子。

"您呀，不该这么对我说。快起来，我叫您快起来，您就快起来嘛。"她一边诉说，一边倒了下来，一阵狂乱之中，完全忘记了自己的身子。

片刻过后，她睁开温润的眼睛。

"您明天真的要回去吗？"她沉静地问道，捡起了席面上的落发。

岛村决定第二天午后三点出发。他换衣服时，旅馆伙计把驹子叫到廊下。"行啊，就算十一个小时好啦。"驹子答道。也许伙计认为十六七个小时太长了吧？

一看账单，早晨五点回去算到五点，翌日零点回去算到零点，一切都按钟点儿计算。

驹子外套外边围着一条雪白的围巾，她把岛村送到车站。

为了消磨时间，岛村买了一些旅途中的土产，如腌木蓼果、滑子菇罐头之类，还剩二十分钟。他到站前高坡上的小广场散步，举目四望，原来周围雪山攒聚，中间夹着这块褊狭的土地啊！驹子一头秀发抑或太黑了吧，在山峡一派沉寂的日阴景象之中，反而增添一层悲戚的感觉。

远方河流下游的山腹一个地方，不知为何，照射下来一团薄薄的阳光。

"我来之后，积雪大都消解啦。"

"不过，要是连着下上两天，立即就会达到六尺深。继续下去，连电线杆上的电灯都会埋进雪里。像您那样一边走一边想心事，弄不好撞到电线杆上，会碰得头破血流的！"

"那么深啊！"

"前头一所镇上的中学，听说大雪的早晨，从宿舍二楼的窗户里，有的学生赤条条地跳进雪里，身子一下子沉下去，不见了。就像游泳一样，他们只是在雪底下游来着。瞧，那边也有扫雪车。"

"很想来赏雪。但是过年时旅馆很拥挤，又怕火车被雪崩埋掉了。"

"您真会享福哩！您一直过着这种日子吗？"驹子盯着岛

村的脸。

"为什么不留胡子呢？"

"哎，想留啊。"他抚摸着刚剃过的浓黑的须根，在自己唇边荡起一丝皱纹，使柔润的面颊更显得精神焕发。也许驹子就是对他这一点最感兴趣吧？他想。

"我说你呀，一旦洗去白粉，一张脸就像刚刚用剃刀刮过一样啊。"

"乌鸦又叫啦，真晦气。是在哪儿叫啊？好冷！"驹子仰望天空，两肘抱着双肩。

"到候车室烤烤火吧。"

这当儿，从公路拐进车站的宽阔路面上，身穿防雪裤的叶子，慌慌张张跑过来了。

"喂，驹子姐姐！行男哥哥他……驹子姐姐！"叶子气喘吁吁，就像一个从恶人手里逃脱的孩子死死缠住母亲，叶子一把抓住驹子的肩膀。

"快回去！情况紧急，快！"

驹子强忍肩头的疼痛，她闭着眼睛，脸色突然变得惨白起来，出乎意料地使劲摇了摇头。

"我要送客人，不能回去。"

岛村大吃一惊。

"送什么呀，你甭管啦。"

"这不好，我不知道您还会不会再来呀。"

"来，来！"

叶子似乎什么也没听见，她急急地劝道：

"刚才电话打到了旅馆，听说你在车站，我就跑来啦。行男哥哥在叫你呢。"她搂住驹子，驹子一直忍耐着，这时忽然甩掉叶子。

"我不！"

这时，驹子跌跌撞撞走了两三步路，接着一阵恶心，她想呕吐，但嘴里什么也没有吐出来。她眼角潮润润的，双颊起了鸡皮疙瘩。

叶子呆然而立，直盯着驹子。由于她的神情过于认真，看不出是恼怒、惊奇，还是悲哀。假面般的容颜使她显得十分单纯。

她猝然转过脸来，蓦地抓住岛村的手。

"哎，求求您啦，让她回去吧。快让她回去吧！"她一个劲儿高声喊叫，缠住他不放。

"好，我会让她回去的！"岛村大声对她说。

"快快回家去，傻瓜！"

"是您，您在说些什么？"驹子说着，她的手把叶子从岛村那里推开。

岛村指了指站前的一辆汽车，被叶子用力抓住的手已经麻痹了。

"我教那辆汽车马上送她回去，你先走吧。这里，人会看见的呀。"

叶子微微点了点头。

"快点儿，快点儿！"她说罢转声跑回去了。岛村简直不敢相信这是真的，他似乎仍不满足，目送着叶子渐去渐远的背影。此时，他的心头掠过一丝不应有的疑虑：为什么那位姑娘总是这般认真呢？

叶子近乎悲戚的优美的声音，眼下似乎正从雪山某处飘然而至，久久存留于岛村的耳鼓。

"上哪儿去？"岛村去找汽车司机，驹子将他拉回来。

"我不回去！"

岛村蓦地对驹子感到一种肉体的憎恶。

"你们三人之间究竟发生了什么事情，我一字不晓。少爷也许就要死了，他很想见你一面，才派人来喊你的。老老实实回去，不然你会后悔一辈子。我们说话的当儿，要是他咽气了，怎么办？不要再犟啦，快回去，就此将一切了断吧！"

"不对，您误解我啦。"

"你被卖到东京的时候，不就是他一个人为你送行的吗？你最早的日记第一页上不是写的他吗？有什么理由不去送他一程呢？快去吧，将你写在他生命的最后一页上吧！"

"不，我不愿看着一个人的死。"

驹子究竟是出于冷酷的薄情，还是出于热烈的爱恋？岛村一时迷惘起来。

"还记什么日记呀？我要全部烧掉！"驹子嗫嚅着，面颊潮红。

"您啊，真是个老实人。看您这么老实，把我的日记全都送给您吧。您可不要取笑我呀。我觉得您是个老实人呢。"

岛村胸中涌起莫名的激动。是的，他也觉得没有比自己更老实的人了。他不再强求驹子回去了。驹子也闷声不响了。

驻在车站的旅馆支店的伙计出来，通知他们检票了。

四五个身穿黯淡冬装的当地人，默默不语地上上下下。

"我不进站啦，再见！"驹子站在候车室的窗户里面。玻璃窗关着，从火车上看去，她就像穷乡僻壤的一家水果店的一只水果，被人遗忘在煤烟熏黑的玻璃箱里。

火车开动了，候车室的窗玻璃闪着光亮。驹子的容颜在光明之中一下子燃烧起来，又骤然消泯了。那是和早晨雪光映照的镜子中一样的红颜。在岛村眼里，那是即将告别现实世界的一种颜色啊！

从北面登上国境的山峦，穿过长长的隧道，冬日午后淡薄的阳光仿佛已经被地下的黑暗吸收去了，古老的火车犹如脱去明净的外壳一般钻出隧道，于重峦叠嶂之间顺着暮色渐浓的山峡呼啸而下。山的这边还没有下雪。

火车沿着河流行驶，不久来到广阔的原野。山峰好似经过精雕细镂，一条条优美的斜线自顶端缓缓伸向遥远的山裾，山顶上空，月色清明。整个山体在霞光浅淡的夕空映射下，呈现一派浓丽、缥缈之色，这就是山边麓地唯一的景象。月光融融，没有冬夜的严寒之气。天上不见一只飞鸟。山间野地，一览无余，向左右绵延伸展，直达河岸。岸边矗立着一座水力发电站，只有这座纯白的建筑，一直映在冬日萧索的车窗里。

车窗因暖气而变得模糊不清了。暮色渐次笼罩外面的原野，窗玻璃上又映出乘客半明半暗的影像来。那是暮景之中镜子的嬉戏。这趟列车只挂了三四节褪色的车厢，和东海道①不同，这是在另外的地方用旧的车厢，电灯也很黯淡。

岛村好像乘上一种非现实的工具，不再考虑时间和距离，一味听任身子虚空地向前运行。他一旦陷入此种精神恍惚的状态，就开始将单调的车轮声听成是女人此前说的话。

这些话语时断时续，虽然简短，却显示了一个女人努力活着的意志。他听了甚感难过，而且不会淡忘。然而，对于如今远行的岛村来说，这是一个遥远的声音，只不过给他平添几分旅愁罢了。

也许就在这时候，行男断气了吧？她为何那样顽固，不肯回家呢？难道驹子因此再也不能和行男见上最后一面了吗？

乘客少得可怕。

一个五十多岁的男人和一个面色红润的姑娘相向而坐，不住说着话儿。那姑娘丰腴的肩头围着黑色的围巾，肤色宛如一团燃烧的烈火。她挺着胸脯，专心地倾听着，快活地频频点头。看样子两个都是出远门的旅伴。

但是，到了有烟囱的缲丝厂的一座车站，老爷子急匆匆从行李架上取下行李，打车窗扔到站台上了。

---

① 东海道：东京到京都沿海一带的道路。

"我走了，有缘总会在一起的。"他对姑娘打了招呼，下车了。

岛村蓦地热泪盈眶，他不由惊诧不已。这使他越发感到，这个男人彻底离开女人回家去了。

做梦也没有想到，他们原来是萍水相逢的两个旅人。男人看来是个行商。

八

　　正是飞蛾产卵的季节，不要把西装挂在衣架^①或墙壁上。离开东京家里时，妻子这样叮嘱过他。回来一看，吊在卧室屋檐边的装饰灯上趴着六七只橙黄色的大蛾子，里间三铺席房子里的衣架上，也停着一只躯体肥硕的小飞蛾。

　　夏天，窗户上装了防虫铁纱网，那网上也一动不动地贴着一只蛾子，突露着红褐色小小羽毛似的触角，翅膀却是透明的浅绿，羽翅修长，宛若女人的纤指。对面国境上连绵的群山，经夕阳一照，已是一派秋色，因而，这一点浅绿反而显得更加死寂。唯有前后翅膀相互重叠的部分，绿色才变得浓丽。秋风一来，那翅膀如一角薄纸闪闪飘动。

---

① 衣架：原文为"衣桁"（ikou）。室内晾挂衣物木架，门型，近顶部有横木。有单
　　门独立，底部加平行木支撑；亦有屏风型双门或多门，成直角或锐角曲折联立。

大概还活着吧？岛村走过去，用手指弹了弹纱网的内侧，蛾子没有动。他握起拳头"咚"地敲打了一下，蛾子像一片树叶飘落下来，半道上又翩翩飞走了。

凝神一看，对面杉树林的前边，正在飞过一群群数不清的蜻蜓，如蒲公英的茸毛飘忽不定。

山脚下的河水看起来好像打杉树梢顶流了过去。

稍高的山坡上开满胡枝子的白花，银光闪烁。岛村一直贪婪地朝那里遥望。

岛村走出室内浴池，看见一位俄罗斯妇女坐在大门口卖东西。她为何要到这样的乡间来呢？岛村过去想看个究竟。只见她卖的是一般的日本制化妆品和发饰等物。

她四十出头，污秽的脸上布满细细的皱纹，肥胖的脖颈上显露出洁白的脂肪。

"你从哪里来？"岛村问。

"从哪里来？是啊，我是从哪里来的呢？"俄罗斯女子不知如何回答，她一边收拾东西，一边思忖着。

裙子像卷裹着的一片脏布，早已看不出西装的影子。她像一个过惯了日本生活的人，背起那只大包袱回去了。不过，她脚上穿的依然是靴子。

在一起目送俄国女子回去的老板娘的劝诱下，岛村也走进帐房，看到炉畔坐着一位大块头的女子，脊背朝外。女子收起裙裾站了起来。她穿着一身玄色的礼服。

滑雪场有一幅宣传画，画着一个女子，穿着陪酒时的和服，下身套着棉布防雪裤，同驹子肩并肩乘坐在滑雪板上，岛村记得那位艺妓就是她。她是一位腰肢丰满、举止大方的中年女子。

旅馆老板把火筷子搭在炉子上，烤着一个椭圆形的大包子。

"吃一个吧，怎么样？这是人家送礼的，尝一口玩玩吧！"

"刚才那位洗手不干了吗？"

"是啊。"

"她是个挺好的艺妓吧？"

"满期了，特来辞行的。她可是很叫座的呀。"

岛村对着热包子，一边吹气一边咬嚼。坚硬的包子皮散出一股陈旧的香味，微带酸涩。

窗外，夕阳照耀着鲜红的熟柿子，那光线似乎反射到屋内梭连钩^①的竹筒上来了。

"那长长的，是芒草吧？"岛村好奇地望着山坡路。一位老婆子背着一捆芒草踽踽而行，芒草高过她身子一大截。而且挺着长长的穗子。

"那个呀，那是芭茅啊！"

"是芭茅吗？是芭茅吗？"

---

① 梭连钩：原文为"自在钩"（jizaikagi），旧时炊具，将铁链套上竹筒吊在屋梁上，自由调节其高低，下端钩子挂茶壶锅釜，用于烧煮。

"铁道省[①]举办温泉展览会时，记得建造了一所休息室还是茶室，就是用这里的芭茅葺顶的。听说东京来人把这座茶室整个买下来了。"

　　"是芭茅吗？"岛村又一次自言自语地嘀咕着。

　　"看起来，山间开放的是芭茅花，我还以为是胡枝子哩。"

　　岛村下了火车，首先映于眼帘的是山野上的白花。陡峭的山腹上头，临近峰顶，洁白似雪，闪耀着璀璨的银光，看上去好比遍布山巅的秋阳。他不由"啊"的一声动了情。他认定那就是胡枝子的白花。

　　然而，走近一看，芭茅劲健的气势和那仰慕远山的感伤之花全然不同。大捆大捆的芭茅严严实实遮蔽了背草女人们的身影，擦着山路两侧的石崖沙沙作响，高扬着坚实的穗子。

　　回到房间一看，隔壁昏暗的灯影里，一只个儿大的飞蛾正在黑漆衣架上爬行，产卵。屋檐下的蛾子也吧嗒吧嗒不住扑打在装饰灯上。

　　虫子大白天就唧唧唧叫个不停。

　　驹子来得稍微晚了些。

　　她站在廊下，面对面盯着岛村。

　　"您来干什么？到这个地方来干什么呀？"

　　"我来见你呀。"

---

① 　铁道省：日本管理国营铁路事务的最高行政机构。1945 年改称为运输省。历经几次统合，现称为国土交通省。

"心里根本不是这样想的。东京人净撒谎，我讨厌。"

她一边落座，一边低声柔和地说：

"我不愿为您送行了，说不清是一副怎样的心情。"

"哦，我这次一声不响地回去。"

"不，我说的是不到车站去。"

"他怎么样了？"

"还用问，死了。"

"就在你送我的时候？"

"不过，和这没关系。说送行，谁能想到会那么难受啊！"

"嗯。"

"您二月十四那天干什么来着？您骗人！我等得好苦啊！您说过的话，根本不算数。"

二月十四日是赶鸟节①，这是雪国孩子们一年里的盛大节日。十天前，村里的孩子们就穿着草鞋踩雪，再将踩得硬实的雪板，切割成二尺见方的雪块，堆积起来建造积雪的殿堂。这种雪堂面积约有三十多平方，高达丈余。十四日晚上，将各家稻草绳集中起来，堂前燃起熊熊篝火。这个村子的新年是二月一日，所以稻草绳有的是。接着，孩子们爬上雪堂屋顶，挤在一起，合唱赶鸟歌。然后，孩子们进入雪堂，点灯守夜，直

---

① 赶鸟节：旧历新年正月十四日夜至十五日，为追赶有害于农田及农作物的鸟兽，祝愿当年丰收，聚众齐唱《赶鸟歌》。歌曰："鸟自何方来？来自信浓国；被何物追赶？一束湿木柴。草地与河畔，群鸟高高飞，哎哟哎哟呵……"年轻人挨家挨户边唱边敲打竹籤（zhēn，竹制乐器）以乐之。

到黎明。十五日天亮，他们还要再次爬上雪堂屋顶，合唱赶鸟歌。

这时候，正是积雪最深的时节。岛村约好了，他要来观看赶鸟节。

"我二月里正在老家，后面停了生意，想着您肯定要来，十四日回到这里。早知道，慢慢照顾病人该多好呀。"

"谁生病了？"

"师傅来到港镇，得了肺炎，我正好在家，他们打来电报，我就过去护理了。"

"好了吗？"

"没有。"

"都怪我呀！"岛村没有守约而甚感悔恨。他对她师傅的死表示哀悼。

"算啦。"驹子连忙宽宏地摇摇头。她用手帕掸掸桌子。

"虫子真多啊。"

矮桌上和榻榻米上到处落满了小羽虫，许多小蛾子围着电灯飞旋。

纱窗外面也停留着好多种斑斑点点的蛾子，在清澄的月光里浮动。

"我胃疼，我胃疼呀！"驹子两手插进腰带，一下子趴在岛村的膝盖上。

她那涂着厚厚白粉的后颈从衣领里露出来，上面立即落满了一群比蚊子还小的蠓虫，有的眼看着死去，有的不能动弹。

她的粉颈比起去年更加丰满了，已经二十一岁了，岛村想。

他的膝头流过一股温润的气息。

"帐房的人见到我，一齐笑着说：'驹子，快到茶花间瞧瞧吧。'我不愿去，把阿姐送上火车，回来想美美睡上一觉，可电话打过来了。我很累，本来打算不过来了。昨晚为阿姐饯行，多喝了点酒。帐房一个劲儿取笑，他们说原来是您。隔一年了，看来是个一年只来一次的主儿吧。"

"我也吃了那包子。"

"是吗？"驹子挺起胸脯，她的脸抵在岛村膝盖上的部分留下一团潮红，看上去略带几分天真。

她说，一直把那位中年艺妓送到下下个车站才回来。

"真难办啊，从前不论干什么，大家都能立即抱成团儿，可现在个人主义渐渐抬头，各有各的打算。这地方也完全变样啦，净是来一些不对脾气的人。菊勇姐姐走了，我也孤单了。以前不管什么事，只要她一句话。又是个花魁，上客不少于六百支香①，我们这里拿她当宝贝哪！"

那位菊勇到了期限回老家去了。岛村问，她是结婚还是重操旧业呢？

"阿姐是个很可怜的女子。从前的婚姻失败了，才来这里的。"驹子迟疑了一下，她想不再说下去，随之望了望月光下

_____

① 艺妓接客时点燃线香计算时间，月终凭线香数目领取工钱。故"玉代"亦称"线香代"。

的梯田。

"那半山腰里不是有一座刚盖成的房子吗？"

"你是说'菊村'小酒馆吧？"

"是的，她本来要嫁给那家老板的，可阿姐临时改了主意，吹了。闹了好一阵子，特叫人家为自己盖了新房，刚要嫁过去，就一脚蹬了。原来她又有了相好的，打算同那人结婚，谁知又受了骗。一旦迷上一个人，竟会变成那副样子吗？那男子把她给甩了，如今又不能回心转意，要来房子住进去。因此，只得远走高飞，另谋出路。想想好可怜啊！我们知道的不多，听说有过好几个男人呢。"

"男人吗，总有五个吧？"

"可不吗。"驹子咻咻笑了，一头躺下来。

"阿姐也太软弱啦，她胆子小。"

"真是没办法。"

"是吗？招人喜爱，又算得了什么？"

她俯伏着，用簪子搔了搔头皮。

"今天去送行，真叫人难过。"

"那座好容易新盖的店铺怎么样了？"

"由原配来掌管。"

"原配来掌管？那倒有意思。"

"开业的一切手续都办妥了，也只能这么办理。那位原配领着孩子，搬了过来。"

"家里怎么办？"

"撇下一个老婆子。寻常百姓，男人喜欢这种生活，他倒是个挺乐观的人呢。"

"游手好闲吧？大概上了几分年纪。"

"还年轻，三十二三光景。"

"哦？那么说，小老婆要比原配大呀！"

"一般大，都是二十七。"

"菊村就是菊勇的'菊'字吧？那店果真交给原配了？"

"一旦打出牌子，就不好变卦啦。"

岛村合上衣领，驹子过去关窗户。

"阿姐对您很了解，今天还问起您来着。"

"她来辞行，在帐房里碰见过。"

"都说些什么？"

"没说什么。"

"您知道我的心情如何？"驹子又一下子把刚刚关紧的窗户打开来，一跃身子坐到窗台上。

过了一会儿，岛村说：

"这里的星光和东京完全不同。看起来好像飘浮在空中。"

"因为是月夜嘛，也不总是这样。今年的雪好大呀！"

"火车好像常常不通吧。"

"是啊，很可怕。五月里才通汽车，比往年晚个把月呢。滑雪场不是有一家小商店吗？二楼被雪崩冲毁了，楼下的人一点儿不知道。听到一种奇怪的响声，还以为是厨房的耗子闹腾的，出去一看，根本没有什么耗子，楼上全堆满了雪，挡雨板也被卷走了。虽说是表层雪崩，广播里大肆报道一通，吓得滑雪客再也不敢来啦。今年也不打算滑雪了，年前早把滑雪板送了别人。不过也还是滑了两三次。看我没变吗？"

"师傅死了，你怎么办呢？"

"人家的事儿，别管！二月里不是一直在这儿等您吗？"

"回到港镇，悄悄给我写封信不就得啦？"

"才不呢。干吗那样可怜兮兮的！给您的信，连您夫人也能看，那才真叫可怜呢。我犯不上顾忌谁而自欺欺人！"

驹子急风暴雨地好一阵数落着，岛村频频点头。

"您不要坐在虫子窝里，关掉电灯算啦。"

月色皎洁，照在女子的耳轮上，清晰地映出凹凸不同的阴影。泠泠的寒光如一根根银针刺进榻榻米的深处。

驹子的嘴唇柔美而滑润，如水蛭身上的环节。

"好啦，放我走吧！"

"还是那么着急。"岛村转过头去，对着那张奇妙的、略显饱满的桃圆脸，就近仔细地瞧。

"大伙都说，和十七岁刚来那阵子毫无两样。生活嘛，本来就是千篇一律啊。"

她仍保有北国少女火一般红润的脸庞。艺妓般的肌理经月光一照，越发泛起贝壳似的光亮。

"可我家里还是变了，您知道吗？"

"你师傅死了，你已经不住在那间蚕房里了。新搬的地方是个真正的香巢①了，对吗？"

"您是说真正的香巢？可不，店头贩卖粗果子和香烟，也还是我一个人。这回成了替人打工的了，夜里很晚，我就点上蜡烛看书。"

岛村抱着她的肩头笑了。

"人家装了电表，不好意思再浪费电了嘛。"

"是呀。"

"不过，也就是替人干活呗。这家人待我很好，孩子哭了，太太怕打扰我，就抱到外面去。一切都不缺，只是有时床铺歪歪斜斜，不好看。回来晚了，他们早给我重新铺好了。有时被褥叠得不整齐，被单儿打皱了，看着心里觉得别扭，可自己又懒得再铺好。人家一片好心，真是很难得。"

"你要是有了家，只怕更苦了。"

"大伙儿都这么说，生就的嘛。家里有四个孩子，东西扔得乱七八糟，我成天价里里外外跟着收拾。等规整好了，又不知会乱得怎么样呢。但总得有人管，否则哪里坐得住啊。我琢磨着，只要境况允许，我会活得更体面些的。"

"是啊。"

"您知道我的心情吗？"

"知道。"

---

① 香巢：原文为"置屋"（okiya），艺妓之家。禁止狎客游兴，仅可应扬屋 [ageya，即召见花魁（oiran）之所］和茶屋（chaya）之招，派出艺妓。

"知道什么？说说看。快呀，快说说嘛。"驹子突然紧追不舍，声音也尖利了。

"瞧，说不出来不是？撒谎！您花天酒地过日子，是个很马虎的人。您不懂！"

接着又放低声音："可悲呀，我是个傻瓜。您也明天回去吧！"

"你这样步步追逼，我哪里一下子说得清楚？"

"有什么说不清楚？您呀，在这一点上，不可指望。"驹子又气馁地沉默不语了。她双眼紧闭，心想，岛村不会把自己放着不管的吧？

她很知趣地摇摇头说："一年来这么一次，也行。只要我在这块儿，您一年务必来一趟啊！"

她说期限是四年。

"待在老家时，做梦都想不到又出来做营生，滑雪板也送人了，要说干成的只是戒烟啦。"

"对对。以前你抽得很厉害。"

"嗯。筵席上客人送的，我悄悄装在袖袋里，每次归来，都有好几根呢。"

"四年也够长的。"

"很快就会过去的。"

"好暖和。"驹子挨过来，岛村一把抱起她。

"生来就是个暖身子呀。"

"早晚要冷起来啦。"

"我到这里五年了，开始很担心，这个地方能住下去吗？

铁路开通前，这里更冷清。您第一次来，也有三年了。"

岛村思忖着，不到三年自己来了三次，每一次都看到了驹子境遇的变化。

几只纺织娘急急地鸣叫起来。

"好心烦呀。"驹子说着离开他的膝头。

北风吹来，纱网上的蛾子一齐飞了。

浓密的睫毛闭在一起，看上去仿佛半张半合的黑眸子。岛村虽然早知道这些，但他还是就近窥视了一番。

"一戒烟，就发胖。"

腹部的脂肪增厚了。

一旦别离，再难以寻觅，眼见着他们又找回了过去的亲昵之情。

驹子一只手抚摸前胸。

"一边怎么变大啦？"

"傻瓜，还不是他的坏习惯，专揉一边。"

"好个你呀，真讨厌！瞎说，你真坏！"驹子立即上火了，岛村想起是怎么回事了。

"下次跟他说，两侧平均使力气。"

"是要平均吧？要叫他平均，对吗？"驹子温存地将脸贴了过去。

这间屋子位于楼上，蛤蟆围着房子四周乱叫。听起来不是一只，而是两只，三只，一同爬行。久久地鸣叫着。

驹子在室内浴场洗罢澡，怀着一副安闲的心情，又沉静地谈起自己身世来了。

这里初检时，她以为和雏妓一样，只敞开胸脯，被人取笑，大哭了一场。她连这些都说了。只要岛村问起，她什么也不在乎。

"我呀，那种事儿可准时啦，每个月都是提早两天来呢。"

"那要是碰到赴宴，不是挺糟糕吗？"

"哎，您连这都懂啊？"

每天到著名的温泉场洗洗澡，暖暖身子，每逢赴宴，打旧温泉到新温泉来回要走七八里路。加上山间生活很少熬夜，身子骨健康而粗大，但却生就一副艺妓常有的小腰身，骨盆又窄又厚。其实，这女人引得岛村千里迢迢来相会的，只不过是她那一副深深的哀愁。

"像我这样的人，还能不能生孩子呀？"驹子十分认真地问道。她是说，只要跟一个男人交往下去，不就等于是夫妻吗？

岛村第一次听说驹子有这么个男人，打十七岁起一直相处了五年。岛村很早就感到吃惊，由此更能看出，她是多么无知和缺少警惕。

她刚出道时，为她赎身的那位恩人死了之后，驹子回到港镇也许就同这个人好上了。不过她从开始到现在都讨厌他，所以两人的关系不很融洽。

"能维持五年也很不容易啊！"

"曾有过两次要分手，一次是来这里当艺妓；另一次是打师傅家搬到新家的时候。都怪我太懦弱，我真是个意志薄弱的人啊！"

听说那个男人住在港镇，她留在那里不方便，所以趁着师傅来这座村子，带过来安顿在这里了。人倒也随和，可她从未想过要许配给他，说起来好可怜。年龄相差很大，只是偶尔来一次。

"怎样才能了断呢？我时常想，索性变得浪荡些好了。我真的这么想过呀！"

"不能那样。"

"还是不该放纵自己，由着性儿不成。我很爱惜自己的青春的身子，只要我愿意，就能将四年期限改成两年，可我不想勉强自己，身体要紧啊！硬撑着也能挣好多支香。有了期限，不至于使主家吃亏。多少月钱，多少利息，多少税金，再加上伙食补贴，按月算得清清楚楚。我不想硬要多揽活儿，要是上宴会太麻烦，即刻拔腿一走了之。除了熟人点名相邀，旅馆里太晚了也不会传话过来的。要是自己大方起来，哪里还有个底儿？随赚随花，落得轻松自在，也就罢啦。本钱也归还一半了，还不到一年哩！可零花钱，月月也要开销三十元呢。"

她说每月能挣上百八十块的就行了。上月客人最少，只到三百支香，六十元。驹子赴宴九十多回，次数最多，一次宴会一支香归自己所有，虽说主家吃亏了，还会不断赚回来。据说这家温泉浴场，借钱延长期限的一个也没有。

翌日清晨，驹子依然起得很早。

"我正做梦同插花师傅一起打扫这个房间就醒啦。"

移到窗边的镜台映着红叶的山峦。镜子里秋天的太阳十分耀眼。

茶食店的女孩儿拿来了驹子的替换衣服。

"驹子姐姐！"隔扇的暗角里传来的，不是那位叶子清澈而悲戚的声音。

"那姑娘怎样了？"

驹子蓦地扫了岛村一眼。

"老是去上坟。还记得吗？滑雪场山下有块荞麦田不是？开满白花，没看见左面有座坟墓吗？"

驹子回去之后，岛村也到村里散步。

白粉墙的屋檐下，女孩子穿着大红色的灯芯绒防雪裤，在玩皮球。秋天确实来临了。

这里有好多老式风格的房子，令人想起"参觐交代"①的时代。庇檐深广。楼上的窗棂只有一尺高，又细又长。檐端吊着茅草帘子。

土坡上围着一道长满丝芒草的篱笆，绽开一片淡黄色，每一根丝芒草的细叶，都向四面八方伸展开来，状如喷水，好看极了。

道路旁边的太阳底下，铺着稻草席子，叶子在上头打小豆。

----

① 参觐交代：江户时代，地方诸侯（大名）定期到江户（东京）朝拜将军，所经之地，沿途设置许多驿站，供给食宿。汤泽町位于自越后至关东翻越三国岭的三国街道线（国有干道）上。作为越后国的出口，汤泽町乃是重要宿场。当地的熊胆、山菜等为当地山民一大收入。1925年，上越北线始通汤泽。

一粒粒亮晶晶的红小豆，从干枯的豆荚里蹦出来。

大概因为顶着手巾的缘故，她没有看见岛村。叶子一边
张开穿着防雪裤的两个膝头，一面打小豆，一面用那清澈而悲
戚、可以传遍山野的声音唱着歌儿：

蝶儿舞，

蜻蜓翔，

蝈蝈山上叫嚷嚷，

松虫、铃虫、纺织娘。

九

还有一支歌：

杉林里，晚风刮，

飞起一只大老鸹。

如今，从窗户里俯瞰杉树林前边，今天也有一群蜻蜓飞流而过。天近黄昏，看来，它们的飘游只好匆匆忙忙，加快速度。

岛村出发前，在车站的小店里，看到新出版的有关这一带登山指南的书，买了一本。他随意地翻看着，书里写道：从这间屋子一眼看到的国境上的群山，其中一座山峰附近，蜿蜒的小路边有个美丽的池沼，一带湿地长满各种高山植物，繁花似锦。夏天，红蜻蜓款款而飞，有时会停在游人的帽子、手，甚至眼镜框上，那种悠闲的样子，都市的蜻蜓比起来相差万里。

可是，眼下的这群蜻蜓，好似被什么人追逐一般，急急地飞翔，它们要赶在暮色降临之前逃脱，以免被黝黑的杉树林吞没了身影。

远方，夕阳遍山。可以清晰地看到红叶自山端开始次第变红了。

"人是脆弱的，要是从山上摔下来，从头到脚，立即就会粉身碎骨。但是据说熊等动物，打再高的山崖上滚下来，身子一点儿都不会受伤。"岛村想起了今朝驹子说的话。当时她指着那座山，告诉他又有人遇难了。

人假如长着熊一般的又硬又厚的毛皮，人的官能就大不一样了。人相互爱慕的是细皮嫩肉，想到这个，岛村遥望夕晖里的群峰，感伤地眷恋起人的肌肤来了。

"蝶儿舞，蜻蜓翔，蝈蝈……"提前吃晚饭的时候，不知是哪个艺妓，弹着拙劣的三味线，唱起了这首歌。

登山指南书上，只是简单地标着：道路、日程、住宿以及费用等，反而可以任凭自由地想象。岛村当初认识驹子，也是在残雪尚存、新绿渐萌的山间旅行之后来到这座温泉村的时节。眼望着留下自己脚印的山峰，想到如今正是秋天登山的季节，一颗心早已飞到山里去了。一无所成，游手好闲的他，艰难跋涉于山野之间，这正是不折不扣的徒劳！唯其如此，他才感受到一种非现实的魅力。

一旦远离，就会不住思念着驹子。尽管如此，等一来到身边，就立即安下心来。眼下，他太亲昵于她的肉体了，他怀恋人的肌肤。他向往山野，陶醉于同一种梦境。这也许是因为驹子昨晚刚在这里过夜的缘故吧。然而，如今他只好静静地呆坐着，听凭驹子翩然而至。一群徒步旅行的女学生嬉戏打闹，听着他们热烈欢快的叫喊，岛村昏昏欲睡，及早进入了梦乡。

不一会儿，似乎就要下雨了。

第二天醒来，驹子已经端坐桌前看书了。她随身穿一件丝绸外褂。

"醒啦？"她声音沉静，朝这边看了看。

"怎么啦？"

"您醒了吗？"

岛村怀疑她是偷偷来睡在这里的。他环顾一下自己的床铺，拿起枕畔的钟表一看，才六点半。

"好早啊！"

"可是侍女早来生过火啦。"

一大早，铁壶里就冒出了水汽。

"起来吧。"驹子站起身，坐到他的枕头旁边，一副家庭主妇的表情。岛村伸着懒腰，顺势抓住女子膝头上的手，摆弄着她小指上弹琴磨的茧子。

"我好困呀，不是刚刚天亮吗？"

"您一个人睡得舒服吗？"

"还好。"

"您呀，还是不肯留胡子。"

"对啦对啦，上次分别时，你说过来着，是叫我留胡子的。"

"忘了也就算啦。胡楂子总是刮得青凛凛、光秃秃的。"

"你还不是一卸了白粉，脸上就像刚刮过一样吗？"

"腮帮子又胖起来吧？白白的面孔，睡着了，没胡子，模样儿很怪，圆乎乎的。"

"还是柔和些为好。"

"没指望。"

"讨厌，你是不是一直死盯着我看？"

"可不。"驹子咉咉笑着点点头，先是微笑，接着就着火般地大笑起来。她不知不觉握紧了他的手指。

"我躲在壁橱里，侍女一点儿也没觉察。"

"从什么时候藏进去的？"

"不就是刚才吗？侍女来生火的时候呀。"

她想起来就大笑不止，忽然红到了耳根，为了掩饰，她抓起被头扇着风。

"起来，快给我起来呀！"

"好冷。"岛村紧紧抱着棉被。

"旅馆的人起床了吗？"

"不知道，我打后山上来的。"

"后山？"

"顺着杉树林爬上来的。"

"那里有路吗？"

"没路，可很近。"

岛村吃惊地望着驹子。

"我来谁也不知道。厨房里有响声，但大门还是紧闭着的。"

"你一直起得很早吧？"

"昨晚上没睡好觉。"

"知道下雨吗？"

"是吗？那里的山白竹都湿了，原来是雨淋的呀？我走了，您再睡一会儿，歇着吧。"

"我起来了。"岛村攥住女子的手，一跃出了被窝。他走到窗前，俯视着女子上山的路径，遍布着茂盛灌木的山脚下，长着一片茁壮的山白竹。那里是连接杉树林的山丘地带，窗下的稻田里种着普通的蔬菜，有萝卜、白薯、葱和山芋等，在朝阳的照射下，他第一次发现每片叶子的颜色都不相同。

伙计站在通往浴场的走廊上，给泉水里的红鲤鱼喂食。

"天一冷，鱼也不肯吃食了。"伙计对岛村说。他对着漂浮在水面的干蚕蛹屑，瞧了老半天。

驹子干干净净地打坐着，对洗澡回来的岛村说：

"待在这种清净的地方，做做针线活儿该多好！"

房子刚扫过，稍显陈旧的榻榻米，秋日的太阳深深地射进来。

"你会做针线吗？"

"这话真失礼。姊妹行里数我最苦。想起我长大成人那几年，似乎正逢家境贫寒的时候。"她喃喃自语，突然提高嗓门：

"侍女一见到我，满脸疑惑地问：'驹子姑娘，什么时候来的？'我总不能两次三番钻壁橱呀，那多难为情。我回去了，尽快洗个澡。不然，等头发干了，再到梳头师傅那里去，就赶不上中午的宴会了。虽说这里也有个宴会，但是昨夜才来通知我，我已经答应了别的地方，来不了啦。星期六，忙得很，没空儿过来玩啦。"

驹子尽管这么说着，却迟迟不愿意离开。

她不去洗头了，把岛村带到后院，大概她刚才是打这里悄悄溜进来的，过道儿上放着驹子的湿木屐和湿布袜子。

她爬着经过的那片山白竹看样子是走不通的，所以她只好顺着田埂向有水声的方向走去。河岸变成了幽深的悬崖，栗子树上传来孩子的叫喊。脚边的草丛里落了来几颗毛栗子，驹子用木屐踩碎，剥出了栗子。都是些小栗子。

对岸是倾斜的山腹，盛开着芭茅的花穗子，银光闪耀，飘摇不定。那炫目的白色，又像飞翔于秋空里的透明的幻影。

"到那边看看吧。那里有你未婚夫的墓。"

驹子倏忽挺立身子，盯着岛村看了看，将手里的小栗子猛地掷向他的脸孔。

"你总是耍弄我！"

岛村来不及躲避，额头上发出噼噼啪啪的声音，疼极了。

"那座坟和您什么缘分，也劳你去参观一番？"

"干吗那么当真？"

"对我来说，这可是正经事儿，不像你，只管自己整天享清福！"

92

"谁整天享清福了？"他有气无力地嘟哝着。

"我问你，为何要提未婚夫什么的？我从前不是反复对你说过吗？他不是我的未婚夫，你忘啦？"

岛村当然没有忘。

"师傅或许希望我和少爷在一起，但也仅仅是心里这么想，嘴里从来没有提到过。对于师傅的这番心意，少爷和我都约略知道些。不过，我们两个从未有过什么。各人有各人的生活。我被卖到东京的时候，只有他一个人为我送行。"

岛村记得驹子这样说过。

那男子病危时，她住在岛村这儿。

"我愿意干什么就干什么，一个将死的人怎能管住我呢？"她曾经孤注一掷地说。

而且，正当驹子送岛村到车站的当儿，病人情况突变，叶子来接驹子回去，驹子断然拒绝，没有回去，从而未能见到最后一面。这样一来，岛村对那个叫作行男的人留下了很深的记忆。

驹子一直避而不谈行男的事，就算不是未婚夫，为了给他挣医疗费，跑到这里当艺妓，这无疑也是出自"正经事儿"的考虑。

栗子砸到了脸上，也不见生气，驹子一时有些惊讶。她有些不忍心，即刻对他厮磨起来。

"我说，您真是个老实人，看来，心里有什么伤感的事情吧？"

“树上的孩子正看着哪。”

“真闹不懂，东京人太复杂。周围一吵闹，注意力就消散。”

“什么都消散得彻底。”

“不久连生命都会消散的。去上坟吧。”

“还去吗？”

“瞧，您根本不愿意去上坟，对吗？”

“只是怕你有所顾忌呀。”

“我一次也没来过，是有顾忌，真的。一次也没来过。如今，师傅也一起埋在这里了，我感到对不住师傅，越发不愿来上坟了。这事儿总觉得有些虚情假意。”

“你这才是相当复杂啊。”

“为什么？人活着的时候，没有向他表白心事，死了之后，总该要说说清楚吧。”

杉树林一派寂静，能听到冰冷的雨滴掉落的声音。打这里穿过去，沿滑雪场下边再走一段路，就到了坟场。高高田埂的一角里，竖立着十座古老的石碑和一尊地藏菩萨像，寒碜地裸露着身子。没有鲜花。

地藏菩萨后面低矮的树荫里，蓦然浮现出叶子的前胸。她也似乎有些意外，绷着脸孔，一副认真的表情，目光如火，直直对这边瞧着。岛村突然对她点点头，就兀立不动了。

“叶子妹妹好早啊。我呀，正要去梳头师傅家呢……”驹子正说着话，一股黑色的旋风卷地而来，刮得她和岛村浑身缩成一团。

一列货车打眼前通过。

"姐姐！"一声呼喊透过震耳欲聋的巨大声响传来，货车黝黑的车门里，一位少年不停挥动着帽子。

"佐一郎！佐一郎！"叶子呼叫着。

这是在雪中的信号所呼叫站长的嗓音，犹如徒然呼唤着船上远游的亲人，那声音优美而悲戚。

货车驶过去了。仿佛取下眼罩，铁路对面的荞麦田，繁花如雪，静静地在红色的茎上一起绽开，鲜明耀眼。

冷不丁碰到叶子，他俩没有注意火车通过，然而，其中似乎有一种东西被这趟货车裹走了。

这之后，叶子的声音似乎比轰隆的车轮留下了更长久的余韵。纯洁的充满情爱的呼唤仿佛依然在天上回荡。

叶子目送着火车。

"弟弟在车上，我要去车站看看。"

"火车也不会在车站等着你呀。"驹子笑了。

"是啊。"

"我呀，不会给行男哥哥上坟的。"

叶子点着头，她迟疑了一下，就跪在墓前，双手合十。

驹子伫立不动。

岛村转眼看看地藏菩萨，三面长脸，两手合掌于胸前。另外左右还各有两只手。

"我梳头去啦。"驹子对叶子说罢，沿着田间道路走回村子。

当地土话有一种称为"禾台"的东西：在两棵树干之间，

用竹子或木棒绑捆扎成晒衣竿的样子，分成几段，挂上稻子晾晒，看起来像高大的稻草屏风——岛村他们经过的道路旁边，百姓们正在做"禾台"。

穿着防雪裤的姑娘，身子一扭，就投过来一个稻捆，站在高处的汉子，灵巧地一把抓住，双手捋了捋，分开来搭在竿子上。他们习惯了，悠闲地、手脚熟练地重复着相同的动作。

"禾台"垂挂着稻穗，驹子珍惜地捧在手里仔细端详，轻轻晃动着。

"这稻子真饱满呀，摸一摸心里也舒畅，和去年大不一样啊！"她眯起眼，用心体会着稻谷的触感。一群麻雀打低空胡乱地飞了过去。

道路边的墙壁上残留着陈旧的布告，上面写着：

插秧工工钱协约：男工每天工钱九角，包伙。女工打六折。

叶子家里也设了"禾台"，搭建在离公路稍远的洼地稻田里。庭院左首，是邻家的高大的"禾台"，架在白粉墙边一排柿子树上。稻田和庭院之间也有"禾台"，同柿树上的"禾台"构成直角，一端的稻穗底下开了小门，就从那里出出进进。没脱粒的稻穗不可做草帘子，正好搭成稻棚子了。旱地里枯萎的大丽花和玫瑰园前面，山芋展现着浓绿的叶子。放养红鲤鱼的荷花池被"禾台"遮住了，看不见。

去年驹子住过的那间蚕房的窗户，也被遮挡了。

叶子娇嗔地低着头，钻过稻穗底下的小门回去了。

"家里就她一个人吗？"岛村目送着那稍微前屈的背影问道。

"大概不会吧。"驹子冷冷地回答。

"啊，烦死啦。不去梳头了，都怪你多嘴多舌，扰乱人家上坟！"

"是你太固执，不愿在坟场见到她呗。"

"你根本不了解我的心情！回头有空，我去梳头，也许会晚些，我一定来。"

凌晨三点钟。

突然，"哗啦"推开障子门的声响将岛村惊醒，驹子"扑通"躺倒在他身上。

"我说来，就来。对吧，我说过要来，这不就来了？"她剧烈地喘息起来。

"看你醉成什么样子。"

"是吧，我说来，一定来。"

"哦，你是来了。"

"来的路上看不见，看不见啊，唉，苦死啦！"

"真难为你，是怎么爬过那段山坡的呢？"

"不知道，谁还记得。"驹子翻转过来，滚动着身子。岛村不堪其苦，他想坐起来，因为还没睡醒，不由摇晃了一下，头颅倒在一个灼热的东西上了。他吃了一惊。

"简直是一盆火！傻瓜。"

"是吗？火枕，会把你烫伤的呀！"

"真的。"他闭起眼睛，一股热流直冲脑门，岛村切实感到了生命的活力。随着驹子剧烈的喘息，传递着一种实实在在的东西。这东西像是一种难以割舍的悔恨，又像是一颗安然期待复仇的心灵。

"我说来，这不就来了？"驹子只是重复着这句话。

"我算来过了，这就回去。我要去梳头。"

她爬起来，咕嘟咕嘟地喝水。

"你这副样子，不能回去！"

"回去，有伴儿。洗澡的用具呢，到哪儿去啦？"

岛村站起来，打开电灯，驹子双手捂着脸，趴在榻榻米上。

"讨厌！"

驹子身穿袖口金丝绳边的漂亮夹衫，外面罩着黑领睡衣，系着一根窄腰带。因此，看不到贴身内衣的领子。她醉态蒙眬，连脚底板儿都泛着殷红，畏葸地团缩着身子，显得十分可爱。

洗澡的用具看来都扔掉了，肥皂、梳子散落在地上。

"剪吧，剪子我拿来啦。"

"剪什么呀？"

"剪这个。"驹子将手伸向后边的头发。

"在家时想剪掉头绳，可手就是不听使唤，特来这里，想叫你给我剪一剪。"

岛村分开女子的发髻，剪去了头绳，每剪掉一处，驹子就甩甩头发，心情也渐渐沉静下来。

"现在几点？"

"已经三点了。"

"哎呀，这么快呀？可不能把真发剪了呀。"

"怎么扎这么多绳子？"

他抓起一束假发卷儿，发根热乎乎的。

"已经三点了吗？从筵席上回来，倒头就睡了吧？和朋友约好了，是她们请我的。也许不知我到哪儿去了。"

"她们在等你吗？"

"去公共浴场洗澡来着。三个人，有六场筵席，只能赶四场。下周是红叶季节，很忙。谢谢啦！"她梳理着散乱的头发，抬起头来，眯细着眼睛，微笑了。

"不管它，嘻嘻嘻，真好笑呀。"

随后，她惋惜地拾起一束假发。

"叫朋友们久等，这不好。我走啦，回来不再路过这里啦。"

"认得清路吗？"

"认得清。"

她踩住了衣裾，摇晃了一下。

早上七点和凌晨三点，在特殊的时间里，一天瞅空子来两次，岛村想想，觉得真是非同寻常。

十

旅馆的伙计们像过年扎门松一样，将红叶装饰在大门口。这是为了欢迎赏枫的客人。

一个临时雇用的领班口气生硬地指挥着，这人曾自嘲是一只候鸟，从新绿至红叶这段时期，他在附近山间温泉一带干活儿，冬天到伊豆半岛的热海、长冈等地的温泉浴场做工。每年他都不固定待在同一家旅馆里。他吹嘘自己对于伊豆的繁华温泉场极富经验，背地里总是说这些地方不会善待客人。他一边搓着两手，一边盯住客人不放，表现出一副毫无诚意、低三下四的嘴脸。

"先生，您知道木通果吗？要想尝尝，我这就给您拿来。"他冲着散步回来的岛村说。他把结着果实的蔓子都挂在红叶枝头了。

这些红叶打山上砍来就高高挂在屋檐上了，旅馆的大门忽然一片鲜红，十分惹眼。一片片红叶硕大无比。

岛村握着冰凉的木通果，向帐房里瞥了一眼。叶子端坐在炉边。

老板娘用铜壶温酒 [①]。叶子和她相向而坐，老板娘每当说起什么，叶子总是认真地点点头。她没有穿防雪裤和外套，只有一件刚浆洗过的丝绸和服。

"她是来帮忙的吗？"岛村不经意地问那个领班。

"哦，托您的福，人手不够，没法子呀。"

"和你一样？"

"哎。乡下姑娘，就是与众不同啊！"

叶子看来是在厨房做事，还没有上过筵席。客人一多，厨房的侍女就大声嚷嚷，可就是听不见叶子优美的嗓音。负责整理岛村房间的侍女说，叶子临睡前喜欢在浴槽里唱歌，可他未曾听到过。

不过，一想到叶子待在这家旅馆，岛村总觉得不便再招驹子来了。尽管驹子的爱情一直针对着他，但他自身空虚，只把这看作美丽的徒劳。然而，另一方面，驹子对于生命的渴望，也像她那赤裸的肌体，深深触动了他。他可怜驹子，也可怜自己。岛村似乎察觉叶子长着一双慧眼，一切都瞒不住她那犀利的目光。于是，岛村也被这个女子所吸引。

---

① 将铜制水壶埋在火钵一侧炭火中，用以烫酒。

不等岛村召唤，驹子当然也会自动上门的。

他去溪流深处观赏红叶，曾经打驹子家门前通过。当时，她听到车声，心想一定是岛村来了，跑出去一看，他连头也没有回。他真是个薄情郎！她呢？只要被叫去旅馆，总是要到岛村房间，一次也不落。每逢洗澡，也要路过那里。一有宴会，她总是早来一小时，先到岛村这里玩，等侍女来叫再过去。她时常逃席来找岛村，对着镜台匀匀脸。

"我要去干活。我要做生意，好吧，做生意挣钱。"她说着，走了。

不知为什么，她回去的时候，总是将琴拨子袋儿、外褂等随身带来的东西，丢在他的房间里。

"昨夜回来，没有烧开水，到厨房里稀里哗啦盛了碗饭，浇上早晨剩下的黄酱汤，就着腌咸梅吃了，冰冷冰冷的。今早家里没人叫我，睁开眼已经十点半了。本来打算七点起床后就过来的，结果没做到啊！"

就连这些事，还有从哪家到哪家，筵席是什么样子，总要絮絮叨叨报告一遍。

"我还会来的。"她喝了口水站起来。

"也可能不来了。本来三十个人的筵席，只有三个人陪，忙得抽不开身呀。"

然而，过一会儿她又来了。

"累死啦，三十个人只有三个人陪，她们两个一老一小，苦了我啦！客人又是小气鬼，肯定是哪个旅行团的。三十个人至少也得六个人陪着。我喝上几杯吓唬吓唬他们去。"

天天如是，究竟会走到哪一步呢？驹子也想将自己的身体和心思一概掩藏起来，可是她的这种孤独的志趣，反而更加使她风情万种。

"廊子里有响声，多难为情啊！放轻脚步，还是有人能听到。打厨房穿过吧，人家就会取笑说：'驹子，又去茶花间吗？'我还从未想到，我会这般顾忌着别人。"

"地方小，不自由嘛。"

"大家都知道了。"

"这可不行。"

"是啊，一旦稍稍坏了名声，在这块小地方，就很难混下去了。"说罢，她抬起头来，笑了。

"哎，没关系，我们到哪里都一样干。"

这种发自肺腑的大实话，使得坐食祖产的岛村甚感意外。

"真的，到哪里都是一样干，用不着瞎担心。"

从她那一副淡然的口气里，岛村听出了女子的心声。

"这就行啦。因为唯有女人，才会真心爱上一个男人。"驹子低俯着略显红润的脸孔。

后衣领张开了，背部到双肩形成一面洁白的扇形，浓饰白粉的肌肉悲惋地聚拢起来，看上去好似一块毛织物，又像背负着一只小动物。

"当今的世道下是这样啊。"岛村嘀咕着，又悚然觉得这话多么空洞。

"什么时候都一样。"驹子倒很单纯。

她扬起脸来，又莫名其妙地加了一句：

"你不知道吗？"

她的贴身石榴红内衣看不见了。

岛村正在翻译瓦雷里①、阿兰②，还有俄罗斯舞蹈流行年代法国文人的舞蹈理论，计划自费出版一小部分精装本。这种书对日本舞蹈界毫无作用，但正因为如此，反而使他心安理得。通过自己的工作嘲弄自己，也有一种类似撒娇的愉快。抑或从这些方面，可以产生他哀婉的梦幻的世界吧。因此，他不必急着出外旅行。

他用心体察昆虫们愤懑致死的情形。

秋令渐凉，他房间的榻榻米上每天都有死去的虫子。翅膀坚硬的虫子一旦翻转，就再也翻不回来了。蜂子走上几步就倒下来，再走再倒。随着节令的推移，这虽然属于自然的消亡，安静的死灭，然而走近一看，它们竟是震颤着脚肢和触角痛苦挣扎而死的。这些小小的祭场，安设于八铺席的榻榻米上，真是显得太空旷了。

岛村正要伸手捡拾昆虫的尸骸，忽然想起留在家里的孩

---

① 瓦雷里（Paul Valéry，1871—1945），法国象征派诗人、评论家。主要著作有诗集《幻美集》《海滨墓园》，评论《达·芬奇论》《关于舞蹈》等。

② 阿兰（Alain，本名 Émile-Auguste Chartier，1868—1951），法国思想家、教育家。主要著作有《我的思想历程》《幸福论》《关于精神和热情的八十一章》等。

子们。

平时落在窗户纱网上的蛾子也死了，如散乱的枯叶。有的从墙壁上掉下来，捧在手里一看，为什么都这般美丽？岛村思索着。

防虫纱网拆除了。虫声悄然减少了。

国境上的山峦变成深沉的铁锈色，于夕晖掩映之下，闪现着矿石般冷寂的钝光。旅馆里赏枫的游客蜂拥而至。

"今天不能来啦，也许。有本地人的筵席呢。"当晚，驹子路过岛村这里，不久，大厅里响起鼓声，夹杂着女人尖利的喊叫。一片嘈杂声里，意外听到一个极为清纯的嗓音。

"劳驾！劳驾！"是叶子在呼唤。

"哎，这是驹子姐姐叫我送来的。"

叶子站在原地，像邮差一样伸过手来，又慌忙跪在地上。岛村打开折叠的信笺，叶子早已消失了踪影。什么话也没来得及说。

眼下正闹得欢，还喝了酒。

随身携带的"怀纸"上胡乱写着这样的字句。

可是没过十分钟，驹子蹬蹬蹬地跑进来了。

"刚才那丫头带来什么东西了吗？"

"带来了。"

"是吗？"她快活地眯起眼睛。

"啊，真开心！我说去拿酒，就这样溜出来啦。给领班看见了，挨了骂。酒真好，被骂了都不会在意脚步声。啊，真讨厌，一来就喝醉了。回头还得上班呢。"

"连指尖儿都变得好看啦。"

"唉，为了生意嘛。那丫头和你说什么来着？知道吗？她可会嫉妒了！"

"谁呀？"

"妒火也能烧死人啊！"

"那姑娘也是来帮忙的吧？"

"手里捧着酒壶，站在廊下的暗角里，一直盯着什么，眼睛光闪闪的。你也挺喜欢那双眸子吧？"

"她大概觉得场面太下流才这么看着的吧。"

"所以我才写个纸条儿叫她带来。我渴了，给我水喝。谁下流？你若不肯甜言蜜语把一个女人勾引到手你就不会明白。我醉了吗？"她身子摇晃了一下，抓住镜台两端照了照，撩起衣裾，出去了。

不久，宴会似乎散了，立即微微传来杯盘碰撞的声音。看来驹子是被客人带到别的旅馆二次筵席上去了，这时，叶子又送来了驹子折叠的信笺。

　　山风馆不去了，接下来去梅花间。回去时会去您房间。晚安。

岛村有些难为情地苦笑了。

"谢谢。你来帮忙的吗？"

"嗯。"她点点头。叶子顺势用那冷峻而美丽的眼睛，向岛村瞟了一下。岛村有些狼狈起来。

他见过她好几回了，每次都留下令他感动的印象。这位姑娘娴静地打坐在他面前，反而使他感到不安。她的过于认真的举止，看起来似乎正处身于极不寻常的事件之中。

"你挺忙吧？"

"哎，不过，我什么都不会呀。"

"我见过你好几次了。开始是在回来的火车上，你扶侍着他，还托站长照顾弟弟，还记得吗？"

"嗯。"

"听说你临睡前常在浴池里唱歌，是吗？"

"哎呀，太失礼啦，真是难为情。"她的声音优美得惊人。

"我觉得你的事我全都了解。"

"是吗？是听驹子姐姐说的吧？"

"她呀，没说过，她似乎不愿提起你的事。"

"是这样啊。"叶子悄悄转过脸去。

"驹子姐姐很好，她很可怜，请您好好待她。"

她说得很快，语尾里微微震颤着。

"可我无能为力啊。"

叶子这回连身子也颤抖起来，她的脸上闪耀着危险的光辉。岛村移开视线，他笑了。

“我也许早些回东京更好。”

“我也去东京。”

“什么时候？”

“什么时候都行。”

“那么，我带你一道走吧？”

“哎，请带我一道回去吧。”她淡然地说，但语气很认真，岛村很是惊讶。

“只要你家里人同意就成。”

“家里人只有一个在铁路工作的弟弟，我自己决定就行了。”

“东京有落脚的地方吗？”

“没有。”

“和她商量了吗？”

“你是指驹子姐姐？我恨她，不跟她说。”

说着说着，心情轻松了，她抬起湿润的眼睛看了看岛村。他从叶子身上感受着奇妙的魅力，不知为何，反而对驹子越发燃起了爱的烈焰。同一位不明底里的少女私奔般地跑回东京，这也许是向驹子最激烈的赔礼方式吧？也是一种变相的刑罚！

“你呀，跟一个男人走不害怕吗？”

“为什么要害怕呢？”

“你到东京没有栖身之地，也没决定要干些什么，不是太冒险吗？”

“一个单身女子怎么都能活下去。”叶子说话，尾音上挑，十分动听。他一直盯着岛村。

"就在您家做侍女，好吗？"

"什么，做侍女？"

"我并不想做侍女。"

"先前在东京干什么来着？"

"护士。"

"在医院，还是上护校？"

"都不是，只是这么想想罢了。"

岛村回想起叶子在火车上照拂师傅儿子的身影，她那一丝不苟的态度里不正包含着自己的志向吗？想到这个岛村微笑了。

"那么说，这回想去学护士了吗？"

"我已经不打算当护士了。"

"你这样像浮萍随处飘泊怎么行呢？"

"哎呀，什么浮萍不浮萍，我不爱听。"叶子不服气地笑着。

她的笑声响亮、清澈而又悲戚，听起来不像故意犯傻。然而，这笑声撞击在岛村空虚的心上之后消泯了。

"有什么可笑的吗？"

"我只想护理一个人呀。"

"哎？"

"现在不行了。"

"是吗？"岛村没想到她会突然说起这个，沉静地说。

"听说你每天都到荞麦田下边的墓场去上坟？"

"嗯。"

"这一生再也不想护理别人，或为别人上坟了，对吗？"

"是的。"

"不过，你舍得丢下那坟，一心无挂碍地去东京吗？"

"哎呀，拜托了，就请带我走吧。"

"驹子说，你非常嫉妒她，那个男子不是驹子的未婚夫吗？"

"你说行男哥哥？撒谎，胡说！"

"驹子哪一点值得你恨呢？"

"驹子姐姐吗？"叶子好像呼唤眼前的驹子一样，目光峻厉地看着岛村。

"您要好好对待驹子姐姐。"

"我是无能为力啊。"

叶子眼里溢出了泪水，她捏住掉在榻榻米上的小飞蛾，哭着说：

"驹子姐姐说我会发疯的。"说罢，她飘然离开屋子。

岛村浑身发冷。

他打开窗户，正要把刚才叶子捏死的小飞蛾扔出窗外，一眼看到醉醺醺的驹子，弓着腰在和客人划拳。天空阴霾。岛村到室内浴场去洗澡。

隔壁的女子浴场，叶子领着旅馆的女孩儿走进去。

叶子叫她脱掉衣服，给她洗澡，亲切地和她对话，那甘美的声音听起来，就像一位年轻的母亲。

接着，那声音唱起歌来：

……

进了后院抬头看，

三棵梨树三棵杉。

三加三是六棵树，

下面乌鸦来做窝，

上头麻雀在睡眠。

森林里的蝈蝈儿，

怎么叫呀怎么喊？

阿杉为友来上坟，

一盘一盘又一盘。

她熟练地唱着这首拍球歌，嗓音细嫩、生动，调子活泼而富于节奏感，岛村做梦都不会想到是刚才那位叶子唱的。

叶子不停跟女孩儿说话，出了浴场，她的声音依然似悠扬的笛韵在原地回响。门口古旧的黝黑闪亮的地板上，靠着一只桐木三味线盒。秋夜岑寂，岛村不由被那只桐木琴盒所吸引，他正读着那位持有者艺妓的名字，不想驹子正从洗涮杯盘的地方走过来了。

"看什么呢？"

"她在这儿过夜吗？"

"谁？唔，她呀？傻瓜，你知道吗？这玩意儿不会一直带在身边的，有的要搁在这儿好几天呢。"她笑了，痛苦地叹息着，闭上了眼睛。她放下身子一侧的衣衾，倒向岛村。

"哎，送我走。"

"不要回去了。"

"不行，不行，我要回去。当地人开宴会，她们都上二次筵席了，只有我留下来。因为在这里开宴，一切都好说，可是朋友们回来，要约我洗澡，我要是不在家，那就太失礼啦。"

驹子虽然烂醉如泥，可还是抖擞精神，沿着陡峭的坡路回去了。

"是你把那丫头给逗弄哭的？"

"这么说，她确实有点不正常啊。"

"你这样看人家，觉得有意思吗？"

"不是你说的吗？说她要发疯了。她一想到你说的这句话，就呜呜哭起来了。"

"那就好。"

"可是没过十分钟，就在浴池里唱起动听的歌来。"

"洗澡时候唱歌，是那丫头的老毛病。"

"她真心实意地要我好好善待你呢。"

"真傻。不过，这种事儿，你大可不必对我吹嘘一通，不是吗？"

"吹嘘？我真不明白，为何一提到那个姑娘，你总是意气用事。"

"你想娶那丫头吗？"

"你怎么能说出这种话？"

"我不是开玩笑。我一见到那个丫头，总觉得到头来将成为我的一个包袱，我也不知道为什么。你呀，如果喜欢她，不妨留心看看再说吧。我想你肯定也会有这个感觉的。"驹子双手搭在岛村的肩膀上，亲昵地依偎过来。突然，她又摇了摇头。

"不对，在你这样的人手里，那丫头也许不至于会发疯。那就把我这个'包袱'给带走吧，行吗？"

"算了吧！"

"你以为我是酒后胡说一气呀？那丫头在你身边有人疼爱，想起这个，我就会在这山里纵情享乐，那才开心哩！"

"喂——"

"甭管我！"她一溜小跑地逃走了，"扑通"一声撞在挡雨板上，那里就是驹子的家。

"她们以为你不回来了呢。"

"不，门是开着的。"

她抱起那扇发出干裂声响的门板，拉开来。驹子低声说："进去吧。"

"不过，这么晚……"

"家里人都睡了。"

岛村泛起犹豫。

"好，我送送你吧。"

"不用了。"

"不行，你还没看过我这个新家啊！"

走进后门，这个家里的人横七竖八躺在眼前。他们盖着褪色的硬挺挺的棉被，套的是这一带产的防雪裤用的棉花。昏黄的灯光底下，主人夫妇和十七八岁的女儿，还有五六个孩子，脑袋各自朝着不同的方向，脸上露出寂寞而坚毅的表情。

岛村仿佛被温热的气息推拥了回来，不由想退出门外，驹子将后门"咣啷"一声关上了，大踏步越过木板地面。岛村悄悄从孩子们的枕头旁边穿过，一种奇妙的快感在他心头荡漾。

"在这等着，我去楼上开灯。"

"算了。"岛村摸黑从楼梯登上去，回头一看，朴素的睡脸对面是卖粗果子的柜台。

这里是普通百姓家的房子二楼，四间①的面积，榻榻米也很陈旧。

"我一个人住，大倒是挺大的。"驹子说。隔扇全敞开了，一间堆满了这个家里的旧家什。煤烟熏黑的障子门内铺着驹子的小小寝床。墙上挂着赴宴的衣服，简直像个狐狸的巢穴。

驹子孤零零坐在地板上，仅有的一个坐垫让给了岛村。

"呀，好红啊！"她照着镜子。

"怎么醉成这副样子？"

接着，她在衣柜上头摸索着。

---

① 间：日本旧时表示面积大小的单位。四间约 13.2 平方米。

"瞧，日记。"

"真多呀！"

她从旁边抽出一个花纸糊的小盒子，里头塞满了各种香烟。

"客人们送我香烟，我就装在袖口或夹在腰带里带回来，虽然揉皱了，但是不脏，而且很齐全。"她坐在岛村面前，将箱子伸到岛村面前，翻着给他看。

"哎呀，没有火柴。我自己戒烟了，不用火柴啦。"

"不用啦，你也做针线吗？"

"是啊，赏红叶的客人一来，根本没空儿做啦。"驹子回过头去，收拾一下衣柜前边的缝补衣物。

也许是对东京生活的留恋吧，纹路整齐的精美的衣柜，红漆的高级的针线盒，依然像是住在师傅家里，在这粗陋的二楼上，显得很寒酸。

电灯系子垂挂到枕头上。

"读罢书想睡了，一拉这个，灯就灭了。"驹子摆弄着那根细绳，规规矩矩坐在那里，像个家庭妇女，带着几分腼腆。

"狐狸嫁闺女——好齐全呀。"

"可不是嘛。"

"这屋子要住四年？"

"可是，已经半年了，很快就会过去的。"

可以听到楼下传来的鼻息声，似乎没有话说了，岛村连忙站起来。

驹子一边关门，一边伸头仰望天空。

"要下雪了，红叶期马上就要过去啦。"她又来到外面，说：

"'这一带，是山乡，红叶艳艳雪飞扬'①，红叶季节也会下雪呢。"

"我走了，晚安。"

"我送你，送到旅馆门口。"

然而，她和岛村一起进了旅馆。

"你休息吧。"她说罢，翩然而去。不一会儿，端着两杯冷酒，进入他的房间。大声说：

"给，快喝吧，喝呀！"

"旅馆的人都睡了，你打哪儿弄来的？"

"甭管，自然有地方。"

看来，驹子是从酒桶里灌的，先喝了一杯，刚才的醉态又来了，她眯着眼，盯着就要溢出来的酒杯。

"不过，摸黑喝酒，喝不出味道啊！"

驹子把冷酒杵到他眼前，岛村一口气喝了进去。

这点儿酒虽然不至于喝醉，但在外走了段路，身子发冷，心里一阵难受，酒劲儿也上了头。他似乎也感觉自己脸色惨白，于是闭上眼睛躺下了。驹子连忙过来照料。不久，岛村百

---

① 司马芝叟作净瑠璃《箱根灵验暨者复仇记》，俗称《暨者胜五郎》，时代物（历史故事），享和元年（1801）作，十二段，描写下肢行动不便的胜五郎及其妻初花为兄报仇的故事。其中第十一段，描写胜五郎之妻初花，于塔之泽瀑布冲水，向神明祈祷，随即跛子胜五郎腿脚立起。此乃该段初花台词。

依百顺地完全陶醉于女子温热的肌体中了。

驹子宛若一个尚未开怀的少女，很不好意思地抱着人家的孩子一样，一心呵护着他。她抬起头，仿佛端详着孩子的睡姿。

岛村过了一会儿，断断续续地说：

"你呀，是个好姑娘。"

"为什么？我哪里好？"

"是个好姑娘。"

"是吗？你真坏，说些什么呀？正经点儿！"驹子不加理睬，她一面摇着岛村，一面三言两语地敲打他，接着，便沉默不响了。

然后，她独自笑了。

"这样不好，我心里很难过，你还是回去吧。我已经没有什么衣服可穿了。每到你这儿，都想穿不一样的宴会服，可是实在没有可挑的了，这还是借朋友的呢。我这个人很坏吧？"

岛村无言以对。

"我这个样子，哪一点儿好呢？"驹子哽咽着问。

"第一次见你，觉得很讨厌，谁会像你那样，说话净招人嫌？对你，我真的讨厌死啦。"

岛村点点头。

"嘿，这事儿我一直瞒着你，知道吗？一个男人，当面被女人指出这个来，那就算完啦！"

"我不在乎。"

“是吗？”驹子似乎在回想自己，久久不说话。一个女人对于生命的感悟像一股暖流传到他身上。

“你是个好女子。”

“哪点儿好呢？”

“是个好女子啊！”

“真是个怪人！”她有些不好意思地缩紧双肩埋下脸来，突然又想起什么，一只胳膊支撑着，扬起头来。

“你是什么意思？说呀，什么意思？”

岛村惊讶地望着驹子。

“快说呀！你就是为这个来的？你在耻笑我吧？你确实在耻笑我啊！”

她满脸通红，瞪着岛村紧追不舍，肩头因愤怒而激剧地颤抖。忽然，她又面色转青，扑簌扑簌流下泪来。

“真窝囊！啊，我真窝囊！”她一骨碌折身而起，背对这边坐着。

岛村想到驹子误解了自己，他猛然一惊，闭上眼睛一言不发。

“真可悲啊！”

驹子自言自语，团缩着身子倒了下来。

她或许哭累了，拔出银簪子扑剌扑剌向榻榻米上一阵乱戳，又霍然站起身来，离开屋子。

岛村不好去追赶她，听了驹子的一席话，他心里十分内疚。

谁知，驹子似乎又立即悄悄转回来，站在障子门外尖声叫道：

　　"喂，不去洗澡吗？"

　　"来啦。"

　　"对不起，我想通啦。"

　　她躲在廊下，没打算进屋，岛村拎着毛巾出去，驹子也不和他照面，微微低着头先走了。那副样子，就像一个罪行败露的犯人，被解走了。可是，当她泡在热水里时，又可怜见地瞎闹起来，没有一点儿睡意。

　　次日早晨，岛村在谣曲①声中醒来。

　　他静静听了一段谣曲，驹子从镜台前边回过头来，冲他嫣然一笑。

　　"是梅花间的客人，昨晚宴会后，我不也被召去了吗？"

　　"是谣曲会的团体旅行者吧？"

　　"嗯。"

　　"下雪了？"

　　"嗯。"驹子站起来，打开窗户给他看。

　　"红叶期已经过去啦。"

　　窗外一方灰暗的天空上，纷纷扬扬飘浮着鹅毛大雪。四周静寂得令人难以置信。岛村心里空空的，他睡眼惺忪地眺望着雪景。

---

① 谣曲：古典能乐剧的唱词。

演唱谣曲的人们也敲起鼓来。

岛村联想到去年岁暮，一个雪天早晨的镜子，他向镜台望去。镜子里浮现着冰冷而硕大的雪花，在敞开领口、揩拭脖颈的驹子周围，飘扬着一条条银线。

驹子的肌肤洁净如洗，自己一句无心话竟然惹起她那样的误解，岛村怎么也不会想到她是这样的一个女人。然而，正因为如此，看上去，反而有一种难以违逆的悲悯之情。

远山铁锈色的红叶日渐黯淡，初雪覆盖着群峰，一片明丽。

杉林罩上一层薄薄的雪花，十分显眼。站立于雪地上的树木，一棵棵直指苍穹。

十一

雪里缫丝，雪里织造，雪水漂洗，雪上晾晒。从纺绩到织造，全过程都在雪里进行。有雪才有绉绸，雪是绉绸之母。——古人[①]在书里写道。

这种绉绸是村里的妇女守着漫长的雪日手工制作的。岛村曾经在估衣店找到雪国地带的一种麻纱，用来做过夏装。由于研究舞蹈，他结识一位贩卖能乐剧古戏装的店老板，托付他：一旦发现高级的绉绸，随时请自己来看。他很喜爱这种绉绸，还用来做过一件内衣。

---

① 铃木牧之（1770—1842），新潟县南鱼沼郡盐泽町人，终生继承祖上历代家业，经营当铺及绉绸生意，业余学习俳谐与书画。同当时江户文人马琴、蜀山人、京传、京山、一九、三马等过从甚密。一面交往风雅之士，一面热心于买卖，两不相误。勤俭力行，粗衣粗食，安于简素之生活。著有《北越雪谱》，记录北越庶民生活至为详尽，乃成为当今古典名著之一。

古时候，据说每年一开春，撤除防雪帘子，积雪融化的日子，绉绸就上市了。"三都"①的绸缎庄，千里迢迢跑来购买绉绸。当地甚至有他们专设的旅店。姑娘们半年里辛辛苦苦织成的东西，也是为了能拿到"初市"上销售。远近村庄的男女都来赶集，杂耍、百货，应有尽有，像庙会一般热闹。绉绸上的纸牌上表明织女的姓名、地址，根据成绩评出一等、二等来。也可供选媳妇做参考。要从童年学起，而且只有十五六岁到二十四五岁的女孩儿，才能织得一手好绉绸来。一旦上了岁数，织出的绸子表面就失去了光泽。姑娘们都想进入屈指可数的"纺织名女"的行列，拼命磨炼技艺，从旧历十月开始缫丝，到翌年二月半晾晒，在这段大雪封门时期，什么也不做，天天一门心思做着这种手工活计。成品中包含着她们满腔的情爱。

岛村穿着的绉绸，也许就是明治初年或江户末期的姑娘们制作成的。

直到现在，岛村也还把自己的绉绸拿去"雪晒"。这些不知是穿在谁人身上的估衣，他每年都送到产地晾晒，虽说很麻烦，但一想起古代冰天雪地里姑娘的心血，依然想到织女的家乡实行真正的晾晒。晾晒在深雪上的白麻，经朝阳映照，一片艳红，分不清哪是雪哪是布。只是感到，夏天的污垢去除

---

① 三都：江户时代的京都、江户（东京）和大阪。

了，自己的身子也变得清净而爽适起来。不过，这些都是由东京估衣店代劳，传统的晾晒方法是否流传至今，岛村就无从知晓了。

晾晒店自古就有。织女很少各自在家晾晒，大多都是送到晾晒店去。白色的绉绸一下机就晾晒，染色的绉绸则要桄在拐子①上晾晒。白绉绸可以直接铺在雪上，从正月晒到二月，有的干脆把白雪覆盖的旱地、稻田当晒场。

不论是布是纱，都要浸在灰汁里泡一夜，翌日早晨再用清水漂洗几遍，绞干后晾晒。这种工序要连续反复好几天。正当白纱晾晒接近尾声时，旭日东升，晨光绚丽，那副美景无可形容，真想请温暖地方的人也来观赏一番。——古人在书里写道。还有，晒纱一结束，就预示着雪国的春天快要到来了。

绉绸的产地临近温泉乡，就在山峡渐渐开阔的河流下游的原野上，从岛村的房间里就能看见。古代大凡有绉绸集市的镇子，都建造了火车站，如今都成为著名的纺织工业基地了。

然而，不管是可穿绉绸的盛夏，抑或生产绉绸的严冬，这两个时期岛村一次也没来过这座温泉乡，所以他没有机会同驹子谈起绉绸的事。

岛村听到叶子在浴场里唱歌，忽然想到，这姑娘要是生在

①　拐子：原文为"拐"（kase 或 kasegi），抽丝或纺纱暂时"桄线"用的"工"字形工具，三根木棒组合，一根竖立，两根上下平行，方向互为直角。俗曰"线拐子"。直至现在，我国农村仍在使用。

古代，指不定也会面对纺车和织机唱起歌来吧？叶子的歌声听起来就是那样一种声音。

比羊毛还细的麻丝，没有浸透天然的雪的湿气，比较难于处理。所以阴冷季节最好，古代有种说法：数九寒冬纺织的麻布，三伏酷暑穿在身上肌肤生凉，这是自然界阴阳相生的结果。对岛村一往情深的驹子，总有一种根性上的清凉之感，因而，驹子的一腔热情，在岛村看来，显得十分可怜。

然而，这种痴爱未能像一片绉绸一样留下确实的形态。用来做衣服的绉绸，在工艺品中尽管寿命较短，但只要着意加以爱护，五十年前的绉绸，穿在身上仍不褪色。但是，人身上的依恋之情缺乏绉绸一样的寿命。岛村一旦朦胧地意识到这一点，心里就浮现出驹子为别的男人生儿育女的一个母亲的形象。他惊恐地环视周围，心想，自己兴许太疲劳了。

这种忘记回归自家妻子身边的长久的逗留，并非因为难舍难分，而是养成了等待驹子频频前来幽会的习惯。驹子越是迫不及待，岛村越是受到一种苛责：莫非自己已经不再活着？可以说，他一边眼望着自身的寂寞，一边又在原地伫立不动。驹子为什么能占据自己的心灵？对此，他迷惑不解。岛村可以理解驹子的一切，驹子却根本不理解岛村。驹子撞在虚空墙壁上的回响，在岛村听来，犹如雪花纷纷而降，堆满心头。岛村如此为所欲为，自然也不会永远持续下去。

他感到，这次归去暂时不会再到这个温泉之乡来了。雪天将临，岛村依偎着火钵，旅馆老板特意拿出来的京都产的古老铁壶，水开了，发出轻柔的丝丝声响。壶身上嵌着银丝的花鸟，栩栩如生。丝丝的水沸声有两种，一远一近，远处如松风谡谡，近处若银铃叮咚。岛村将耳朵凑近铁壶，倾听那轻微的铃声。于是，叮咚不绝的远方蓦地传来籍籍履声，岛村忽然看见驹子莲波细步、翩翩而至的那双娇小的腿脚。岛村不由一怔，他觉得，是应该早早离开这块地方了。

岛村打算到绉绸产地去看看。他想借此增强自己离开这个温泉之乡的心情。

可是，河下游有好几座町镇，岛村不知道该到哪里去。他不想参观现代织机业发达的大町镇，岛村随便在一处旅客稀少的车站下了车，走了一会儿，来到古时候曾经做过驿站的镇子。

家家伸展着长长的庇檐，支撑着一端的木柱排列于道路上，好似江户时代町镇上的"店下"①。可是在雪国，自古称之为"雁木"，雪深时作为人行通道。一边是一排排房舍，庇檐一直连续不断。

因为每户人家的房檐互相毗连，屋顶的积雪只有卸到中间街道上来，别无办法。实际上，是将大屋顶上的积雪抛到道路当中的雪堤之上。要去街道对过，就在一段段雪堤上开凿隧道，供人来往。听说当地人把这叫作"钻胎"。

同是雪国，驹子所在的温泉村，家家户户不相毗连，所以

---

① 店下（tanashita）：店铺外侧廊下、通道等。

岛村来到这座镇子才首次看到"雁木"。他十分好奇地在里面走了走。古老的庇檐底下晦暗无光，倾斜的柱子根部腐烂了。他仿佛是在窥探当地的人家，他们祖祖辈辈埋在深雪之中，过着忧郁的日子。

织女们在雪中精心从事这份手工制作，她们的生活可不像自己织成的绉绸那样滑爽，明净。细思之，这里给他留下一个地地道道的古镇的印象。记载绉绸的古书，援引了唐代秦韬玉[①]的诗句。但是，没有人愿意雇用织女在家纺绩，因为制作一疋绉绸十分费工，成本上不划算。

这些辛苦一辈子的无名工人早已死去，只留下美丽的绉绸。这些绉绸成为岛村们的华丽的衣着，即使炎夏也是遍体生凉。这种本来并不奇怪的事情，岛村反而觉得不可思议。难道一切包含挚爱的行为，到头来总要给人以伤害吗？岛村走出"雁木"，来到街上。

这是一条笔直的长长的街道，似乎是从温泉村延续下来的古老驿站的大道。板葺的屋顶摆着横木和压石，同温泉镇没什么两样。

庇檐的柱子投下模糊的影子，不知不觉之间，夕暮降临了。

---

① 秦韬玉：唐末政治家、诗人，字中明，京兆（今西安）人，生卒年不详。大致与皮日休、陆龟蒙同时。唐僖宗中和二年（882），特赐进士及第，编入春榜。所作《贫女》诗云："苦恨年年压金线，为他人作嫁衣裳。"

再没有可看的了，岛村又乘上火车，到下一个镇子去。这里也和前一个镇子一样。他依然信步溜达着，为了驱驱寒气，他吃了一碗乌冬面。

面馆就在河岸上，这也是打温泉浴场流过来的。他看到三三两两的尼姑，前后从桥上走过。她们穿着草鞋，也有的背着圆顶斗笠，托钵而回。犹如乌鸦急急归巢一般。

"好多尼姑从这里经过吗？"岛村问面馆的老板娘。

"是的，这后面有座尼寺^①，一到下雪的日子，就很难出山啦。"

桥对面，暮色笼罩的山峰，已经变白了。

这个地区，每到木叶凋零、朔风劲吹的季节，一直都是寒气砭肤的阴天。正是酿雪的日子。远近的高山一派白色。这叫"岳环峰宕"。另外，面海的地方，有海鸣，深山之处，有地吼。声如远雷。这叫作"地吼海鸣"。看了"岳环峰宕"，听了"地吼海鸣"，就会知道雪天不远了。岛村记得，古书上是这么写的。^②

---

① 疑指距离越后汤泽四十公里小出车站附近的尼寺，一般称为"小出学林"。1895年，由中村仙岩尼开基于北鱼沼郡汤之谷村，命名为龙谷院，后改称尼僧学林。现称为新潟专门尼僧堂。

② 此处仍指《北越雪谱》一书，关于雪的文字如下："我国雪意，不同于暖国。九月半起，则入霜期，寒气渐剧。至九月末，杀风侵肌。冬枯诸木，枝叶凋零。天色霎时不见日光，连日欲雪之相。天气朦胧，数日远近高山，白雪点点可观。里人称之为岳环峰宕。又，有海之所则曰海鸣，山间深处则曰地吼，声如远雷……直至秋分前后。每年如是矣。"

岛村躺在被窝里静听赏红叶的客人唱谣曲时，那天下了第一场雪。今年应该也"地吼海鸣"了吧。岛村孤身之旅，一个人待在温泉旅馆，等着和驹子相会，渐渐地，他的听觉也变得异常灵敏。当他一想到"地吼海鸣"，耳眼里就流过遥远的响声。

"尼姑马上要过冬了吧，她们有多少人来着？"

"呀，大概好多吧！"

"尼姑们聚在一起，大雪封门好几个月，她们都干些什么呢？过去这一带纺织绉绸，尼寺里也干这种活儿，那该多好！"

岛村满心好奇，听他这么一说，面馆老板娘只是以微笑作答。

岛村在车站等回程车，等了将近两个小时。微弱的太阳落山了，寒气打磨着满天星斗，闪闪烁烁。腿脚冰冷。

岛村毫无目的地转了一圈儿，又回到温泉浴场。车子越过铁道路口，开到守护神杉树林旁边，眼前出现一座灯火闪耀的店铺。岛村放下心来，这里是"菊村"小酒馆，三四个艺妓站在门口闲聊天。

驹子也在这里吗？他刚这么想，驹子就出现了。

车子立即减速，司机似乎知道岛村和驹子的关系，他若无其事地缓缓而行。

岛村蓦地向驹子的背后方向回过头去。自己乘坐的汽车的辙印清晰地留在雪上，在星光照耀下向远方绵延。

车子来到驹子面前，只见驹子眼睛一闭，猛地扑向汽车。车子没有停留，静静登上山坡，驹子躬着腰站在车门外的踏板上①，紧紧抓住门把手。

驹子就像被一种外力紧紧吸引住了，岛村似乎寄身于一团温暖之中，他没有觉得驹子正在干着一件极不自然、极其危险的事情。驹子像揽住窗户一般举着一只臂膀。袖口滑落下来，闪出了贴身长衫的艳色，越过厚厚的玻璃，映在岛村冻得紧绷着的眼睑上。

驹子将额头抵在窗玻璃上，高声喊叫：

"到哪儿去啦？我问你，到哪儿去啦？"

"太危险啦，胡闹！"岛村高声应和，这可是一次甜美的嬉戏。

驹子打开车门一头倒了进去。这时候，车子停了，已经到山脚下了。

"告诉我，到哪儿去啦？"

"唔，没有。"

"哪儿呀？"

"哪儿也没去。"

驹子整整衣裙，那副做派像艺妓。岛村好奇地望着她。

司机呆然不动。车子已经开到了路尽头，岛村突然意识

---

① 旧时汽车门外装设幅宽三十厘米踏板以便于上下。

到，到了目的地还坐在车里不动，太奇怪了。

"下车吧。"岛村说。驹子把手叠在他的膝头。

"呀，好冷，怎么这样冷！为什么不带我去？"

"别问啦。"

"什么呀？真是个怪人！"

驹子快活地笑了，登上了一段陡峭的石阶小径。

"你出门的时候，我看到了，大约是两点或不到三点钟吧？"

"唔。"

"听到车声，我就出来了，到外头一看，你连头也没回，对吗？"

"是吗？"

"就是没回嘛。干吗不回头看看呀？"

岛村一惊。

"你呀，不知道我来送行啊？"

"不知道。"

"我就知道。"驹子依然快活地笑着，她挨过肩来。

"为什么不带我去？你变得冷酷了，真可厌。"

突然响起了火警的钟声①。

两人回头张望。

___

① 火警的钟声：原文为"擦半钟"，报告火警的钟声。远处火灾，则一点点悠悠传响；近处火灾，则急急无间断鸣响。

"失火啦，失火啦！"

"火灾！"

火焰从下面村庄的中央升起来。

驹子喊了两三声，抓住了岛村的手。

翻卷的黑烟之中隐隐约约看到了火舌。火势向横里蔓延，舐舐着周围人家的屋檐。

"是哪里？你原来师傅的家，不是离得很近吗？"

"不对。"

"是什么地方？"

"还向上一些。靠近车站。"

火焰穿过屋顶，蹿向天空。

"啊呀，是蚕房！是蚕房！糟啦，糟啦，蚕房着火啦！"驹子不住叫喊起来，她的面颊紧紧抵在岛村的肩膀上。

"是蚕房，是蚕房！"

火势很旺，从高处俯视下去，广阔的星空之下，玩具般的火场寂悄无声。正因为如此，仿佛传来一阵阵可怕的燃烧的音响。岛村抱住了驹子。

"不要害怕。"

"不，不，不。"驹子摇着头，大哭起来。她的脸伏在岛村的手心里，似乎比平素更加娇小，紧绷的太阳穴不住地跳动。

一见到火就放声大哭，她为什么哭，岛村并未怀疑，依然紧抱着她。

驹子忽然停止哭泣，抬起头来。

"啊呀，想起来啦，蚕房今晚有电影，一定是挤满了人。瞧……"

"那可不得了。"

"有人会烧伤，会烧死的呀！"

他俩慌忙跑上石阶，上面可以听到嘈杂的声音。抬眼一看，高处二三楼上的房间，大都拉开了格子门，跑到光亮的廊下，观看大火。庭院角落一排十枯的菊花在旅馆的灯光或星光的辉映之下，现出清晰的轮廓，立即使人想到，这是大火照耀的缘故吧？在这菊花的后面，也站满了人。旅馆的领班带着三四个伙计，从他们两人前面跌跌撞撞跑了下来。驹子扯开嗓门高声问道：

"喂，是蚕房吗？"

"是蚕房！"

"有人受伤吗？有没有人受伤啊？"

"正在救人哪。是电影胶片一下子着了起来，火势蔓延得很快。打电话问过啦，瞧！"领班一行人迎头碰见他们两个，扬了扬手，走了。

"据说孩子们都从楼上一个个被扔了下来。"

"哎呀，这可怎么得了呀？"驹子跟着领班下了石阶，后面的人一起跑了过去，驹子也一道跑起来了。岛村紧追不舍。

石阶下边，火场被房屋遮挡了，只能看到火舌。火警的钟声在空中回荡，越发使得人们惶恐不安，跑动得更快了。

"地上的雪冻了，当心滑倒。"驹子回头望着岛村，她就势站住了。

"哎，这样吧，你不用去啦。我是担心村里的人。"

照理说，也是。岛村有些扫兴，发现脚边是铁轨，他们已经走到铁道路口。

"银河！多美啊！"

驹子自言自语，仰头看看天空，又跑了起来。

啊，银河！岛村也抬头赞叹。蓦然，他觉得身体仿佛正向银河飘浮而去。银河的光亮越来越近，似乎要把岛村托举起来了。羁旅中的芭蕉[①]，于荒海之上看到的，也是这个光明浩瀚的银河吗？赤裸裸的银河眼看就要降临这里，它想亲自用肌肤卷裹暗夜的大地。它艳丽得令人恐怖！岛村感到，自己渺小的身影从地面反映于银河之中了。银河里面群星灿烂，一颗颗历历在目。随处可见的闪光的彩云，漂荡着一粒粒银沙，绮丽、明净。深不见底的银河，紧紧吸引着岛村的视线。

"嗬——依！嗬——依！"岛村呼唤着驹子。

"嗬——依，快点儿来呀！"

驹子奔向银河低垂的黑暗的群山。

她褰裳而来，挥动着素腕，火红的裙裾飘舞翩翩。星光点点的雪地上，扬起一朵红艳。

岛村飞也似的追过来。

---

① 松尾芭蕉（1644—1694），江户时代著名俳句诗人。元禄二年（1689），芭蕉游越后出云崎，作俳句："瀚海佐渡夜，高空横天河。"

驹子放缓脚步，松开衣岔，拉住岛村的手。

"你也去吗？"

"嗯。"

"真好奇！"衣裙垂落在雪地上，她一手拎起来。

"人家要笑话我的，回去吧。"

"不，到前头再说。"

"这样不好，我怎能带你到火场去呢？村里人看见了，多不好意思。"

岛村点头同意了，停住脚步。可是驹子又轻轻拽着岛村的衣袖慢慢走起来。

"你在一个地方等我，我马上回来。在哪儿等呢？"

"哪儿都行。"

"对，再朝前走走。"驹子瞅着岛村的脸，可是又急忙摇摇头：

"我讨厌，够啦。"

驹子"咚"地撞着岛村的身子，他摇晃了一下。道边的一层薄薄的积雪里，立着一排排大葱。

"你好无情啊！"

驹子立即冲着他说。

"你呀，不是老说我是个好姑娘吗？一个转脸要走的人，干吗要说这种话？仅仅是表白一下吗？"

岛村想起驹子用簪子扑刺扑刺戳进榻榻米的样子来。

"我哭了呀，回到家里之后，我又哭了一场。同你离别，太可怕啦。不过，你还是早点儿回去吧。听你一说我就哭了，这件事我不会忘记的。"

岛村想起那句被驹子误解、反而深深刻在女人心底的话语，不由感到依依难舍起来。忽然，火场上人声喧嚣，新燃起的烈焰又腾起了火苗。

"啊呀，又烧起来啦，火势好大呀！"

两人喘了口气，得救似的跑了出来。

驹子速度很快，木屐掠过冰冻的积雪向前飞奔，两只胳膊不是前后，而是左右摆动，张开两胁，用力挺着胸脯，身子显得格外娇小。略显肥胖的岛村一边看着驹子，一边奔跑，早已疲乏无力了。然而，驹子急速喘着气，向岛村身上倒来。

"眼珠子发冷，就要流泪了。"

面颊出火，只有眼睛冰凉。岛村的眼睑也濡湿了。他眨眨眼睛。银河也在眼里闪着光辉。岛村强忍住即将掉落的泪水，问道：

"每晚，银河都是这样吗？"

"银河？好漂亮吧？不是每晚都这样，今夜非常晴朗啊！"

银河从他们跑来的方向转到了前面，驹子的面庞看起来好似映照在银河之中了。

但是，看不清鼻子的形状，嘴唇的颜色也消失了。岛村很难相信，充溢于太空的明丽的光带，竟然如此黯淡？淡淡的星光不如薄薄的月夜，但较之满月的天穹，银河却更为明亮。驹子的容颜在地上没有留下任何影像，宛若一副古老的面具，飘忽不止，洋溢着女人的馨香，令人不可思议。

抬头仰望，看样子，银河为拥抱大地依旧徐徐降落下来。

银河，这浩大的极光浸透了岛村的身子，使他随着光波流转，犹如立于地极顶端，虽然冷寂难耐，却妖艳夺人。

"你走后，我要正儿八经地过日子。"驹子说罢迈出步子，用手整整蓬松的发髻。走了五六步，又回过头来。

"怎么啦？这不好。"

岛村站着不动。

"行吗？等着我，过会儿一块儿到你房间去。"

驹子扬了扬左手，跑了。她的背影几乎被黑暗的山峦吸附而去。银河在群峰起伏的分界线上散开衣裾，又反转过来，将灿烂无边的华美的境界回映于浩渺的天宇。群山愈加晦暗，岑寂。

岛村走出去不久，驹子的身影就被公路旁的人家遮住了。

"嘿哟！嘿哟！嘿哟！"听见一阵吆喝，公路上出现了抬水泵的人们。有人打后面跑过来，岛村急忙上了公路。他俩走的那条路和公路交接成"丁"字形。

又有水泵过来，岛村为他们让开，随后跟在后头跑着。

这是老式的手压形木质水泵。一行人拖着长长的绳子，另外，还围着一些消防队员。那水泵小得可笑。

驹子也站在路口，等着水泵过去，她看见了岛村，两人又一道儿跑过去。站在路边给水泵让路的人们，仿佛被水泵紧紧吸引，一起追过去了。眼下，他们两个也加入了奔向火场的人群。

"你也去吗？真好奇！"

"哦。那水泵靠不住啊，明治时代以前的玩意儿。"

"是的，不要摔倒啦。"

"挺滑的哩！"

"可不，不久就会整夜里刮起雪暴，弄得人惶恐不安，你不妨来看看。你不会再来了吧？野鸡、兔子都会逃到人家里去。"驹子的声音合着消防队员的吆喝和人们的脚步，听起来十分爽朗。岛村也感到身轻如燕。

传来了火焰炸裂的响声。眼前又蹿出了火苗。驹子抓住岛村的胳膊。公路边低暗的屋顶深呼吸一般，猝然浮现在火光里，接着又淡漠不清了。水泵的水从脚下的道路流过来，岛村和驹子也自然站在人墙之中了。火场的焦煳味儿夹杂着煮蚕茧的腥气。

人们这一堆儿那一团儿，高声交谈：什么电影胶片着火啦，孩子一个个打楼上扔下来啦，什么没有人受伤啦，村里的蚕茧、大米幸好没放在这里啦，等等，议论不止。然而，大家一同面对火场，却一言不发，远近一片寂静，尽皆统一于火场之上了。人们都在倾听火花的毕剥之声和水泵的轰鸣。

不时有些晚来的人，到处呼唤亲人的姓名，一旦有人答应，则高兴得大呼小叫起来。唯有这些声音才带来一些活气。火灾警报已经停止。

岛村怕引起注意，悄悄离开了驹子，站到一堆孩子的后面。火势燎人，孩子们向后退缩着。脚下的雪似乎有些融化了，人墙前面的积雪经火与水一番消解，上面满是纷乱的脚印，一片泥泞。

那里是蚕房一旁的旱地，和岛村他们一同赶来的村民，大都拥到这里来了。

大火似乎是从安置放映机的入口烧起来的，蚕房一半从屋顶到墙壁都倒塌了，房梁和柱子等骨架还在冒烟。因为屋里只有木板墙和地板的屋子本来就是空的，所以屋内没有卷起黑烟，屋顶上浇足了水，大概不会再着火了。不过，火势还在蔓延，意料不到的地方突然冒起了火苗。三台水泵慌忙转过去，火苗立即上蹿，腾起一股黑烟。

火影在银河里扩散开来，岛村仿佛又被掬向银河里去了。黑烟流向银河，相反，银河也欻然下泻。脱离屋顶的水泵里的水龙左右晃动，水烟溟蒙，一团灰白，宛如受到了银河之光的照射。

驹子不知何时走过来，她握住了岛村的手。岛村回头看了一眼，没有作声。驹子望着火焰，火影在她那红通通的不苟言笑的脸上明灭、闪烁。岛村的胸中不由涌起了一股激情。驹子的发髻散开了，她挺起了脖颈。岛村正想伸手过去，手指却颤抖起来。岛村的手很温暖，驹子的手更炽热。岛村感到，别离的时候即将迫近了。

入口的廊柱等物又着起来，一根水龙猛喷过去，栋梁刺刺地冒着水汽倒了下去。

蓦然之间，人群一下子惊呆了，他们看到一个女子掉落下来。

蚕房也时常用来演戏，楼上安装着简单的座席。虽说是二楼，但很低矮，从上头落到地面只是一眨眼的工夫。不过，人们还是在这一瞬间里充分看清了她掉落的全过程。她也许像个玩偶，令人不解地掉了下来，一眼就能知道已经不省人事了。虽说是掉落，却没有发出声音。因为地面有水，所以也没飘起什么尘埃。她跌落在刚刚燃起的新火焰和重新转旺的老火焰之间了。

一台水泵对准老火焰喷射出弯弓一般的水流，就在这股水流前面，忽然浮现出一个女人的身体。她就是这么掉落的。女人的身体在空中保持了水平姿态。岛村心头突然紧缩，但也没有立即感到什么危险和恐怖，仿佛是非现实世界的一个幻影。僵直的身子于落下的空中变得柔软了，而从这个玩偶的姿态上，可以得知，她已经毫无抵抗，因失却生命而变得自由，生与死一概休止了。岛村心里闪过一丝不安，水平伸展的女人的身体，头部是否冲着下方？腰部和膝盖是否有所弯曲？看上去虽然很有可能，却仍是水平般地掉落下来了。

"啊！"

驹子尖利地号叫一声，捂住了两眼。岛村一直盯着，眼睛一眨也不眨。

跌落下来的女子正是叶子！岛村是什么时候知道的呢？人群的惊讶和驹子的尖叫实际上发生在同一瞬间，叶子的小腿在地上抽搐，也是在同一瞬间。

　　驹子的叫喊，贯穿着岛村的全身，和叶子的抽搐一起，使得岛村冰冷的足尖不由地痉挛起来。他沉浸在一种莫名的深沉的痛苦和悲哀之中，心脏不住激烈地跳动。

　　叶子轻微的抽搐几乎难于辨认，又立即停止了。

　　在看到叶子的抽搐之前，岛村首先看到了她的容颜和鲜红的箭翎和服。叶子是仰面掉落下来的。一边的膝盖上缠绕着裙裾。她跌到地上，小腿只是抽动了一下，就昏过去了。岛村总是觉得她没有死，他只是感到，叶子的内部生命已经发生异变，迅速转型了。

　　叶子从二楼看台上掉下来，二楼的两三根柱子向外倾斜，在叶子脸的上方燃烧起来。叶子闭上那双摄人魂魄的俊美的眼睛。她翘着下巴颏，挺直颈项。火影飘摇，映着她惨白的面庞。

　　岛村忽然想到，多年前他到这个温泉浴场会见驹子，在火车上看到叶子脸庞的后面，点燃起野山的灯火，心中又是一阵战栗。霎时，仿佛也映照出他和驹子在一起的岁月来。他的揪心般的痛苦和悲哀也正出自于此。

　　驹子从岛村身边跑了出去，这和驹子尖叫一声捂住眼睛，几乎是同一瞬间。也就是人群大吃一惊的时候。

　　烧焦的黑色木块儿，水淋淋的，散乱一地。驹子像艺妓一般长裙拖曳，脚步踉跄地奔过去，想将叶子抱回来。驹子奋力挣扎的脸孔下面，低垂着叶子临死前虚空的容颜。看起来，驹子宛若怀抱着自己的牺牲或刑罚。

人群交头接耳地谈论着，迅速向她们两个围过来了。

"闪开，请闪开！"

岛村听见驹子喊道。

"这丫头疯啦，她疯啦！"

驹子疯狂叫喊着，岛村想走过去，被一群汉子推开，摇晃着身子。那些人想从驹子手里抱回叶子。

岛村站定脚跟抬头仰望，刹那间，天河似乎流水哗然，直向岛村的心头奔泻下来。

附录一

1968 年度
川端康成荣获诺贝尔文学奖授奖式欢迎辞

瑞典科学院常任干事　安德希·艾斯特林

1968 年 12 月 10 日

陛下、阁下、女士们、先生们：

本年度诺贝尔文学奖受奖者是日本的川端康成先生。他 1899 年生于工商业大都市大阪，父亲是具有高度教养的医师，对文学也很关心。但由于父母早逝，川端先生自幼失去良好的教育环境。他成为孤儿之后，就同住在郊外、体弱多病、双目失明的祖父一道生活。从日本人尤其重视亲族血缘关系这一点来看，这种悲剧性的双亲亡故，具有双重的重要意味。这一事实无疑给川端先生整个人生观以影响，也成为他后来研究佛教哲学的一个缘由。

川端先生早在东京帝国大学学生时代，就立志要当作家。

全力以赴，锲而不舍，这就是把文学作为天职的条件，川端先生就是一个典型的例子。二十七岁时，他首次发表为人们所注目的青春短篇小说。先生在作品里讲述一个学生的故事。这位主人公独自一人到秋天里的伊豆半岛旅行，邂逅人人厌弃的贫穷舞女，遂堕入令人怜惜的恋情之中。舞女展露出纯情的内心，以至于向青年表示深深的纯粹的爱。犹如满怀悲情反复吟唱一首民歌，这一主题在先生以后的作品中以各种形式多次出现。川端先生通过这些作品表达了自身的价值观。而且，长年以来，名声超越国境，远播海外。实际上，在他的作品中，只有三部小说和数篇短篇被译成几种文字。这不仅因为要想准确翻译出来实为不易，还在于翻译是一种网眼很大的过滤器，使用这种过滤器，务必会丧失作家各种极富表现力的微妙的表达。不过，迄今翻译的先生的作品，充分传达了浸染着作家个性的典型的画像。

同已故的先辈谷崎润一郎先生一样，川端先生虽然明白无误地受到欧洲近代现实主义影响，但又忠实地涉足于日本古典文学，明显地表现出纯粹拥护、维持日本传统样式的倾向。川端先生叙事的技巧中，显现出词语具有的纤细差别的诗意，其来源可以追溯到十一世纪日本的紫式部所描述的生活与风俗的庞大的画面。

川端先生作为微细观察女性心理的作家，尤其受到赞赏。他这方面的卓越才能，在两部中篇小说《雪国》和《千羽鹤》中得以展示。在这些作品里，我们可以发现作者寄予妖艳的插话以光辉闪耀的非凡才能、纤细而敏锐的观察力，以及具备精妙而神秘价值的编织技巧。有些方面常常超越欧洲的描写技法。川端先生的文章令人想起日本画，这是因为，他热爱纤细的美，并且赞赏那些充满悲悯的象征性语言，这种语言表达了自然生命与人类宿命的存在。如果能将出现于事物表面的行为之无常，比喻为漂浮于水面的水草，那么，可以说川端先生的散文里，反映着作为纯粹日本微细艺术的俳句。关于日本人传统的观念和本质，我们一概未知，似乎不可能接近他的作品的核心，然而一旦阅读他的作品，就会觉得在某些方面同西欧近代作家的气质相类似。关于这一点，作家屠格涅夫首先浮现于我们的心目之中。这是因为屠格涅夫也是一位极富感受性的作家，他身处新旧世界交替的关头，运用伟大的才智，以厌世主义倾向，详细描写了社会。

川端先生的近作《古都》，也是最应注目的作品，写成于六年之前，也被翻译为瑞典语了。这里简单说明一下情节：遭到贫穷的父母遗弃的女婴千重子，被商人太吉郎夫妇拾来，按照日本古老的规矩被养育成人。千重子是个多愁善感、认真诚实的姑娘，她暗暗对自己的出生秘密怀疑起来。据日本民间流传下来的迷信，被遗弃的孩子命运不济，千重子又是孪生姊妹，更多背负着一层耻辱。一天，千重子在京都郊外巧遇北山杉地区出身的一位年轻貌美的姑娘，她发现这位姑娘就是自己的孪生姊妹。勤劳健壮的苗子和娇生惯养的千重子，超越社会身份悬隔，逐渐亲密地交往起来。但是由于两人的相貌惊人地相似，出现了各种错综而复杂的场面。作者选取京都作为整个故事的舞台，描绘了一年四季节日的情景。自樱花盛开的春日，到白雪闪亮的冬季，一年之间，京都城本身成为主要登场人物。京都曾是日本首都，是天皇及其臣下居住的地方。即使千年之后的现在，依旧作为不容侵犯的浪漫的圣域保留下来，成为艺术与技艺精湛的能工巧匠的发源地。今日，京都又成为旅游城市为人们所喜爱。神社佛阁，能工巧匠们住居的古老的街衢、庭院、植物园等风景，川端先生都不过分感伤地加以描写，手法感人，目光敏锐，作品中洋溢着诗的情趣。

川端先生体验了日本决定性的失败，似乎认识到，为了复兴需要进取精神，需要发挥生产力和劳动力等。战后，纵然处于强烈美国化的浪潮中，川端先生通过作品，以平和的笔调呼吁大家，要为新日本保守古老日本的美与个性中的某些东西。这一点在阅读作品时也可以感受到：即便在描写京都各种仪式的时候，或者在选择传统和服腰带图案的时候，作者都努力使得文字精到细致。作品里描写的种种情景，即便作为记录，也是贵重的资料。不过，有的读者也许喜欢注目于极为特殊的方面，即这一段内容：美国驻军在植物园内建立厂舍，长期关闭园门。植物园一旦重新开放，中产阶级的市民就前来观看，那片优美的樟树林荫道，是否还像原来一样，完美无缺地保存了下来。今日是否还会继续使那些熟悉林荫道的人睁大眼睛瞠目而视。

川端康成先生受奖，使日本初次成为诺贝尔文学奖受奖国的伙伴。这个决定本质上有两个重点：其一，川端先生运用卓越的艺术手法，表达了道德伦理的文化意识；其二，为架设东西方精神桥梁做出了贡献。

川端先生：

这份奖状奖赏您凭借杰出的富于感染力的小说技巧，表现了日本人心灵的精髓。

今天，我们高兴地在这座讲坛上，迎接您这位光荣的远来的贵客。

我代表瑞典学院，衷心表达我们的祝福。同时，请您接受国王陛下亲自颁发的本年度诺贝尔文学奖。

（根据武田胜彦日语文本翻译，原书为《诺贝尔奖文学全集16川端康成卷》，发表于《主妇之友》，1971年1月5日。）

1961 年度诺贝尔文学奖推荐川端康成

三岛由纪夫（签名）

在川端作品中，纤细与强韧结为一体，优雅和对于人性深度的理解携手共进。

作品清晰明朗，但同时暗含一种深不见底的悲哀，虽属现代，却栖息于中世日本修道僧孤独的哲学之内。他对用语的选择，极为精妙，表现出现代日语所能达到的最微细的颤动和惊人的感受力。他的独特的文体，不论其对象是少女的纯洁，还是老年可怖的厌世癖，他都要力求迅速果敢地挖掘出对象的本质，并给予完美的表达。

极度的简洁，一种象征主义者意味深长的简洁，使得他的作品纵然很短，也能在有限的纸面上，深刻而广泛地描绘出人生百态。对于现代日本多数作家来说，面临着传统要求与树立新文学的愿望几乎不能同时并立的困境。川端先生根据诗人的直观，轻易越过此种矛盾，实现了两者的综合。川端先生从青年时代到现在，一心追求的主题是始终一贯的：人的本源性的孤独和爱的闪烁之中刹那间窥见的不朽的美，相互辉映，恰似电光一闪，欻然照亮了深夜树木的花朵。

在日本作家中，我首先推荐此人获得诺贝尔文学奖，我真心感觉唯有他最适合。

附录三

川端康成年谱

明治三十二年（1899）

六月十四日，生于大阪市北区此花町医师川端家，父亲荣吉，母亲阿原，长子，上边有比他大四岁的长姊芳子。

明治三十四年（1901）两岁

一月十七日，父亲死于肺病。

明治三十五年（1902）三岁

一月十日，母亲亦死于肺病，康城遂由祖父三八郎（大正三年改名康筹）、祖母金领养于原籍之地大阪府三导郡丰川村大字宿久庄字东村（今茨木市宿久庄）。川端家族世世代代担当本村的"庄屋"（村长），大地主。然而，后来祖父将家产抛撒精光，一时离开村子。康成母亲死后，祖父祖母又回到昔日村内，建造更小宅邸而居，养育幼孙。姊芳子寄养于姨族儿女婿家，大阪府东成郡鲶江村大字蒲生的秋冈义之家。康成姨父乃众议院议员，母死留有遗金，为川端一族老小生活费之来源。

明治三十九年（1906）七岁

四月，进入丰川普通高小读书，九月九日，祖母金去世（六十七岁）。

明治四十五年·大正元年（1912）十三岁

三月，高小六年级毕业。四月，以第一名优异成绩考入大阪府立茨木中学，早晚徒步往返五公里走读。遂使生来虚弱的身子受到锻炼。

大正三年（1914）十五岁（初中三年级学生）

五月二十五日，祖父去世（七十三岁），写作《十六岁日记》。八月，被领养于母亲娘家大地主黑田家。

大正四年（1915）十六岁

三月开始住校，立志当作家。向《文章世界》等杂志等投稿，皆无反应。

大正五年（1916）十七岁

相继于当地《京阪新报》连载《致H中尉》等习作。四月，任学生宿舍舍长，为低班生小笠原义人所友爱。此种体验后来写入《少年》（1948）一作。秋，同祖父一起生活过的故宅被出售给川端岩次郎。

大正六年（1917）十八岁

三月，茨木中学毕业。赴东京寄寓于母亲亲戚家里，准备投考第一高等学校（简称"一高"）文科。九月进入乙类（英语）学习。

大正七年（1918）十九岁

十月末，到伊豆旅行。偶遇江湖艺人，同行途中。获得十四岁舞女之好意与温情。

大正八年（1919）二十岁

六月于《校友会杂志》发表小说《千代》。其后，去本乡元町埃拉西咖啡屋，会见名曰"千代"的少女（本名伊藤初代），随之与学友经常出入于该家咖啡屋。

大正九年（1920）二十一岁

九月，进入东京帝国大学文学部英文科。秋，与石浜金作、铃木彦次郎、今东光等人创立同人杂志《新思潮》，结识菊池宽，长期受其恩顾。

大正十年（1921）二十二岁

二月，第六次《新思潮》创刊，二号（四月）刊出《招魂祭一景》，引起注目。四号（七月）刊载《油》。十月，往访十六岁的初代，签署婚约。一月之后，初代毁约。以后康成经数度努力，终未成功。

大正十一年（1922）二十三岁

六月，转入国文科。带着失恋的悲痛，住在汤岛，著文记述当年同舞女和小笠原初遇之情景。

大正十二年（1923）二十四岁

一月，加入菊池宽所创立的《文艺春秋》，为同人。开始写作有关"千代"的《南方之火》(《新思潮》七月)。九月一日，关东大地震。

大正十三年（1924）二十五岁

三月，东京帝国大学文学科毕业。十月，与横光利一、片冈铁兵、今东光等共同创办同人杂志《文艺时代》。千叶龟雄称这一流派的出现为"新感觉派的诞生"(《世纪》十一月)，此后，人们渐渐以此名呼之。

大正十四年（1925）二十六岁

《新进作家的新倾向解说》(刊载于《文艺时代》一月)发表。《十七岁日记》(《文艺春秋》八、九月)，后改为《十六岁日记》发表。这一年几乎都住在伊豆。

大正十五年·昭和元年（1926）二十七岁

《伊豆的舞女》(《文艺时代》一、二月)发表。四月，住在市谷左内町，与留守的松林秀（夫人秀子）开始一起生活。和横光利一等结成新感觉派电影联盟。六月，出版处女作品集《感情装饰》(金星堂)。

昭和二年（1927）二十八岁

在汤岛疗养的梶井基次郎经常去汤本馆看望川端康成，帮助他校对作品集《伊豆的舞女》（金星堂三月）。四月，康成去东京参加横光利一结婚典礼。此后一直未回汤岛，入住于杉并町马桥。五月，《文艺时代》终刊。最初报纸连载小说《海的火祭》，八月至十月连载于《中外商业新报》。十二月，租住热海小泽的鸟尾子爵别庄，至翌年春。

昭和三年（1928）二十九岁

无产阶级文学隆盛，结交片冈铁兵等众多"左倾"势力。当局加强镇压左翼人士，林房雄、村山知义等一时寄居于川端之处。五月，移居大森。附近宇野千代夫妇、萩原朔太郎、广津和郎群集，交际频繁。开始爱好养犬。

昭和四年（1929）三十岁

九月，移居上野樱木町。往返于浅草，为写作《浅草红团》取材，发表于东京《朝日新闻》十二月至翌年二月。十月，加入堀辰雄主编的《文学》杂志同人集团。

昭和五年（1930）三十一岁

加入中村武罗夫等十三人俱乐部，同新兴艺术派新人交往。为倡导新心理主义，横光利一写作《机械》（《改造》，九月），川端写作《针、玻璃和雾》（《文学时代》，十一月）、《水晶幻想》（《改造》，翌年一月）

昭和六年（1931）三十二岁

九月，说服舞蹈家梅园龙子脱离浅草喜剧团，劝其学习西洋舞蹈音乐及英语等。十二月，同秀子订婚。

昭和七年（1932）三十三岁

三月，千代（婚后为樱井初代）拜访川端家。创作《致父母的信》《抒情歌》《化妆和口哨》等。

昭和八年（1933）三十四岁

二月，《伊豆的舞女》首次拍成电影（田中绢代主演）。写作《禽兽》《临终的眼》等。

昭和九年（1934）三十五岁

六月，初访越后汤泽，十二月再访。《雪国》执笔。

昭和十年（1935）三十六岁

以《暮景中的镜子》为起始，《雪国》各章连载于各个报纸杂志。一月，担任芥川文学奖铨衡委员。同被遗漏的太宰治往来交信。十二月，听林房雄劝，迁居镰仓。

昭和十一年（1936）三十七岁

向《文学界》推荐北条民雄《生命的初夜》，震动文坛。夏，赴轻井泽，开始关注信州。

昭和十二年（1937）三十八岁

七月，《雪国》（创元社，六月）荣获文艺恳话会奖。写作《牧歌》，以信州为舞台，描写战争时代社会百相。九月，购买轻井泽别墅。

昭和十三年（1938）三十九岁

《川端康成选集》（九卷，改造社）。观看本因坊秀哉退隐比赛，于《东京日日新闻》连载观战纪实。后来，据此创作《名人》。

昭和十五年（1940）四十一岁

《爱的人们》（副题《母亲的初恋》）和《逝去的人》《年暮》等九篇，相继发表于《妇人公论》。

昭和十八年（1943）四十四岁

三月，领养表兄黑田秀孝三女麻纱子为养女。创作《故园》，发表于《文艺》（六月至翌年一月）。四月，为梅园龙子做媒，并出席婚礼。

昭和十九年（1944）四十五岁

亲近《源氏物语》和中世文学等典籍。

昭和二十年（1945）四十六岁

四月，作为海军报道班成员，采访鹿儿岛鹿屋海军航空队特攻基地，停驻月余。五月，同久米正雄、小林秀雄等开办租书屋"镰仓文库"。八月，镰仓文库改为大同造纸工厂旗下的大同出版社。

昭和二十一年（1946）四十七岁

一月，接待三岛由纪夫来访。推荐《香烟》发表于《人间》杂志六月号。十月，转居于镰仓长谷二六四番地，终身居于此地。

昭和二十三年（1948）四十九岁

五月，《川端康成全集》（十六卷本）由新潮社出版。六月，任日本笔会第四届会长。十二月，完结版《雪国》由创元社出版。

昭和二十四年（1949）五十岁

《千羽鹤》《山音》等相继问世。这年，镰仓文库倒闭。

昭和二十五（1950）五十一岁

二月，《天授之子》发表于《文学界》，十二月，《舞姬》连载于《朝日新闻》。

昭和二十六年（1951）五十二岁

八月，《名人》连载于《新潮》杂志。

昭和二十八年（1953）五十四岁

四月，《波千鸟》连载于《小说新潮》。十一月，当选为艺术院会员。

昭和二十九年（1954）五十五岁

一月至十二月，《湖》连载于《新潮》杂志。五月，《东京人》连载于《北海道新闻》等。

昭和三十一年（1956）五十七岁

英译《雪国》在美国出版。三月，《身为女人》连载于《朝日新闻》。

昭和三十二年（1957）五十八岁

三月，与松冈洋子一起赴欧，出席国际笔会执行委员会会议。九月，主持召开第二十九届国际笔会东京大会。事前为筹措资金四方奔波。

昭和三十三年（1958）五十九岁

二月，当选为国际笔会副会长。十一月至翌年四月，因胆结石住院。

昭和三十五年（1960）六十一岁

一月至翌年十一月，《睡美人》连载于《新潮》杂志。

昭和三十六年（1961）六十二岁

一月至后年十月，《美丽与哀愁》连载于《妇人公论》。十月至翌年一月，《古都》连载于《朝日新闻》。十一月，荣获文化勋章。

昭和三十七年（1962）六十三岁

二月，因停服安眠药出现异常而住院。六月，《古都》由新潮社出版。十月，当选为保卫世界和平七人委员会委员。

昭和三十八年（1963）六十四岁

四月，财团法人日本近代文学馆成立，任监事。八月至翌年一月，《臂腕》连载于《新潮》杂志。

昭和三十九年（1964）六十五岁

六月至昭和四十三年十月，《蒲公英》连载于《新潮》杂志。

昭和四十年（1965）六十六岁

四月起一年间，NHK 播送连续电视剧《玉响》。十月，辞去日本笔会会长职务，由芹泽光治良接任。

昭和四十三年（1968）六十九岁

七月，担任今东光参议院议员选举委员会事务局局长。十月，作为日本人，首次荣获诺贝尔文学奖。十二月应邀前往斯德哥尔摩出席授奖式。会上发表演讲《我在美丽的日本》。

昭和四十五年（1970）七十一岁

十一月二十五日，三岛由纪夫剖腹自杀。

昭和四十六年（1971）七十二岁

一月，担任三岛葬仪委员会委员长。

昭和四十七年（1972）七十三岁

三月，因阑尾炎而住院。四月十六日，于逗子马丽娜公寓含煤气管自杀。十月，财团法人川端康成纪念会成立。

昭和五十六年（1981）

为纪念川端康成逝世十周年，新潮社出版新版《川端康成全集》（三十五卷，增补两卷，凡三十七卷）

（2020 年夏据羽鸟彻哉所编年谱并参阅其他诸家作成）

《雪国》译后记

　　　　穿过国境长长的隧道，就是雪国。夜的底色变白
了。火车停在信号所旁边。

　　这是川端康成的小说《雪国》开头的名句。读《雪国》，
就想去雪国。作家醉心描写的，究竟是怎样一块神奇的土地？
有着什么样的风景？那里生活着什么样的人群？

　　常年的疑问，常年的诱惑，常年的痴迷。于是，便有了一
次雪国之旅。

　　还记得这部小说吗？简练的故事，朦胧的人物，迷离的山
景，飘忽的文字……《雪国》在现代日本文学史上独树一帜，
占尽风流，惹得不同层次的文化人评说不尽。推崇有之，贬斥
有之，不褒不贬，以平常心对待有之。但不论采取哪一种态
度，谁都无法忽视它，抹消它。在当今尚没有任何一种奖赏能

够替代权威性的诺贝尔奖的时候,《雪国》和它的作者无疑是一个榜样,一座丰碑,一种品牌,具有恒久的魅力。

古今中外,文学的力量是巨大的。当川端康成带着他的《雪国》走向世界文学高峰的时候,诞生《雪国》这个艺术香馨儿的摇篮——越后汤泽,这块自古封闭的山涧谷地,便成了人们趋之若鹜的文学的"麦加"。

真真假假,虚虚实实。不温不火,不即不离。欲进复退,欲言又止。苍狗白云,镜花水月……这就是我读《雪国》的感觉。久而久之,缥缈的《雪国》之感渐渐沉滞下来,"固化"成"新潟""越后""汤泽"等这些实实在在的地名了。

在这种逐渐"固化"的过程中,我切实体验了我们中国人常有的"京华何处大观园"般的追寻和发现的快乐。当然,故事的舞台谁都知道,尽管书中没有涉及。不过,要想深刻地感受作品,就得到故事的舞台上去,进入角色。带着此种想法,我来到了越后汤泽。

初冬季节,平原上还是晚枫如火,高山里已经冰封雪裹。我走的路线和小说男主人公岛村去雪国的路线正相反。川端康成首次访问汤泽是1934年6月,走的是由南向北的路。他在一篇文章中写道:"由水上车站乘火车到前一站上牧温泉……接着又在不知是水上还是上牧的旅馆老板建议下,去了一趟清水隧道对面的越后汤泽。那里比水上更加偏僻。"(1959年10月《〈雪国〉之旅》)作品开头提到的"国境的隧道"就是群马县和新潟县之间三国山脉的清水隧道。这条隧道长约十千米,始凿于1922年，历时九年建成。由水上穿过清水隧道进入汤泽，犹如渔人进入桃花源，眼界豁然开朗，风景也随之一变，完全是另一个世界。尤其在冬天，四周苍山负雪，宛若莲花朵朵，冷，艳，奇。

我们的汽车从北方的津南町沿353国道渐渐驶入汤泽町。这里离2004年"中越地震"的中心——小千谷不算远，我发现这一带的房屋建筑很特别，房顶呈锐角形，北面窄而陡，南面阔而缓，正如《雪国》中岛村所看到的：

> 家家伸展着长长的庇檐，支撑着一端的木柱排列于道路上，好似江户时代町镇上的"店下"。可是在雪国，自古称之为"雁木"，雪深时作为人行通道。……

书里的描写，眼前的情景，使我想起广州的街道，觉得很相像。不过，广州是为了躲雨，而这里是为了防雪。自然环境的酷烈，考验着生命的强度，激发着人类创造的智慧。2006年新旧交替之际，连续下了几场大雪，津南地方雪深达4.16米，出现了历史上前所未有的严寒天气，我想起不久前到过的这块地方，才真正掂量出"雪国"这两个字的分量，对那些豪雪拥门而毅然坚守故乡、同自然灾害英勇搏击的民众不由得肃然起敬。

江户时代，生于越后的铃木牧之（1770—1842）在《北越雪谱》一书中写道："凡日本国中，古往今来，人们皆以越后为第一深雪之地也；然于越后，雪深达一二丈者，当数我鱼沼郡也。"他说的完全是实话。鱼沼是出产良米之乡，著名的"鱼沼粳米"享誉国内外，市场价格比其他"越光"名牌大米高出一倍。鱼沼米之所以美味，就是因为这里冬期长，气温低，雪水足。

傍晚，抵汤泽，下榻于汤泽驿附近的波斯利亚饭店。此处距当年川端写《雪国》的高半旅馆约有十分钟的车程。高半旅馆原由一位名叫高桥半左卫门的人创办，至今已有九百年历史。这是一座典型的和式温泉旅馆，位于汤泽地区最高点，温泉水量丰沛，常年不减。馆内有一间屋子，叫"霞之间"，这里就是川端康成创作《雪国》的地方。屋内布置依原样不变，一张矮桌，一把无脚背靠椅，左手一只暖炉，一只烟盘，墙上悬着字画。汤泽还有许多同《雪国》有关的景点，如"驹子之汤""雪国馆""雪国之碑"等。

江山还需文人扶，一个富于人文内涵的地方，自然会产生一种巨大的吸引力和昭示力。昔日寂静的高原小镇，今天成了人气旺盛的观光名所。20世纪80年代初期，东京、上野至新潟的上越新干线开业运营，巨蟒般的电车的呼啸声，震动着千年寂静的云山野水，驱散了现代驹子们的欢声笑语。雪夜，泡在饭店十三楼顶的"露天风吕"里，我沉下心来，望着四面黑魆魆的山峦，想慢慢找回当年艺妓们幽怨的歌唱和三味线悲切的琴音。然而，除了眼前氤氲的水汽和耳边呼啸的朔风，什么也没有得到。我的努力也像作品主人公岛村一样，最后化作了一个接一个的徒劳。

一度雪国行，胜读十遍书。在雪国之地，读《雪国》之书，更有一番亲切的情味。我以为，理解《雪国》，只能凭借直接感觉。空灵，冷艳，虚幻，迷茫。主观取代了客观，自然淹没了人物，影像淡化了实体，感性排除了理智。作品的美质不正潜隐于这种剪不断理还乱、说不清道不明的晃漾着的混沌之中吗？这，就是我对《雪国》乃至整个川端文学的认识，或者称为评价。

川端自己说过："岛村不是我，甚至不是一个作为男人的存在。他也许只是映射驹子的一面镜子。"（1968 年 12 月《谈〈雪国〉》）

这部小说开头用大量文字描写叶子映现在车窗玻璃中的幻影，真是不厌其详，读得我们颇有些腻味。我所厌皆作者所爱，徒叹奈何而已。也许这就是我们和作者的差距吧。同样，结尾关于"火场银河"的一大段叙述，洋洋洒洒，又进一步把小说推向光怪陆离的太虚幻境，实现了作者心目中的"艺术的升华"。不过，这里没有秦可卿引路，作为读者的我们，只能凭借自我意识，在这座作者所精心营造的精神的伊甸园里，寻觅着美。

（这篇译后记系在旧作《感受雪国》一文的基础上改写而成。）

译　者

2006 年 1 月初稿

2021 年 8 月改订

...

驹子的生存方式，
被岛村看成是虚空的徒劳，
哀叹为遥远的憧憬；
然而，她却凭借自身的价值，
弹拨出凛凛动听的音乐！

*

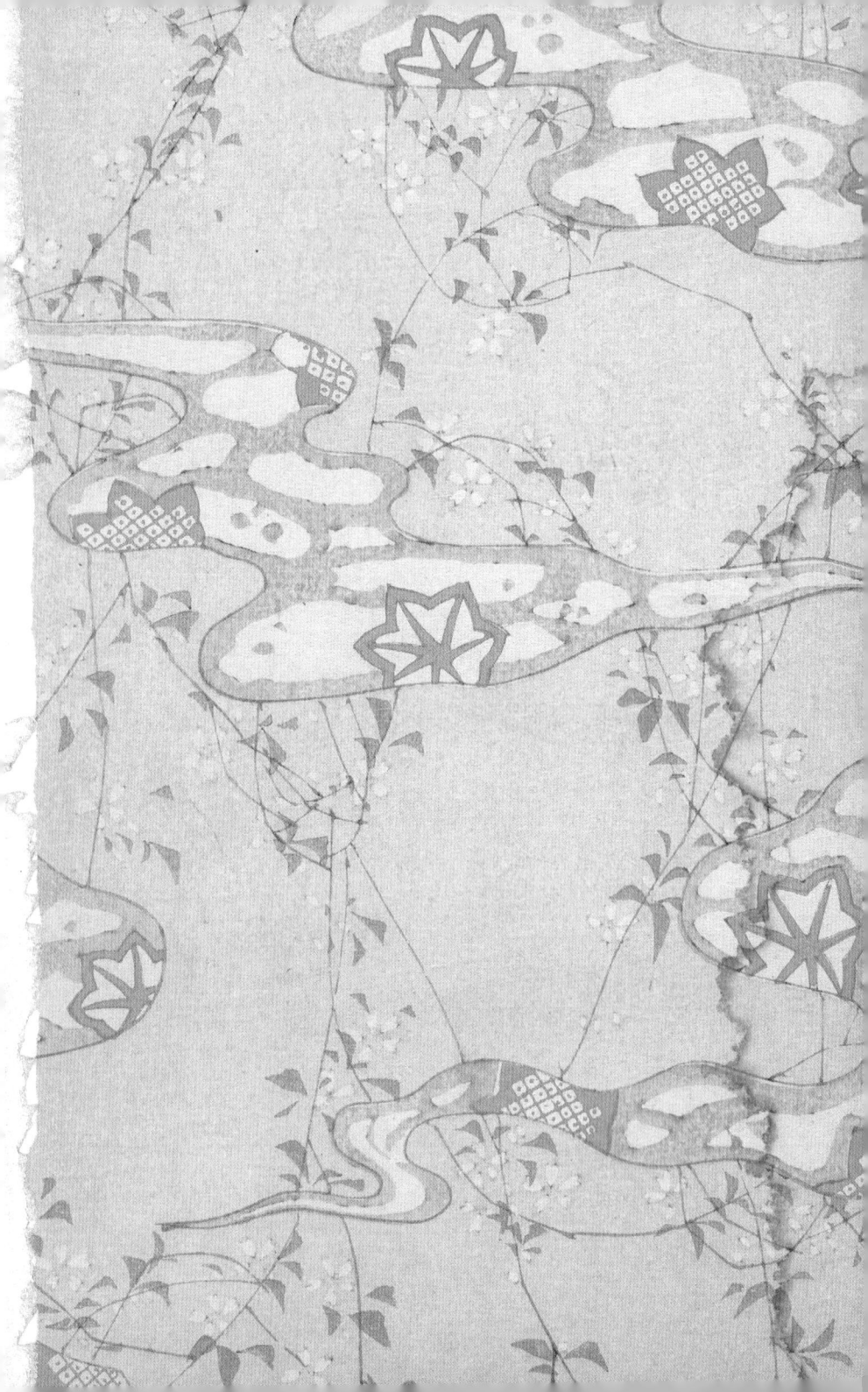

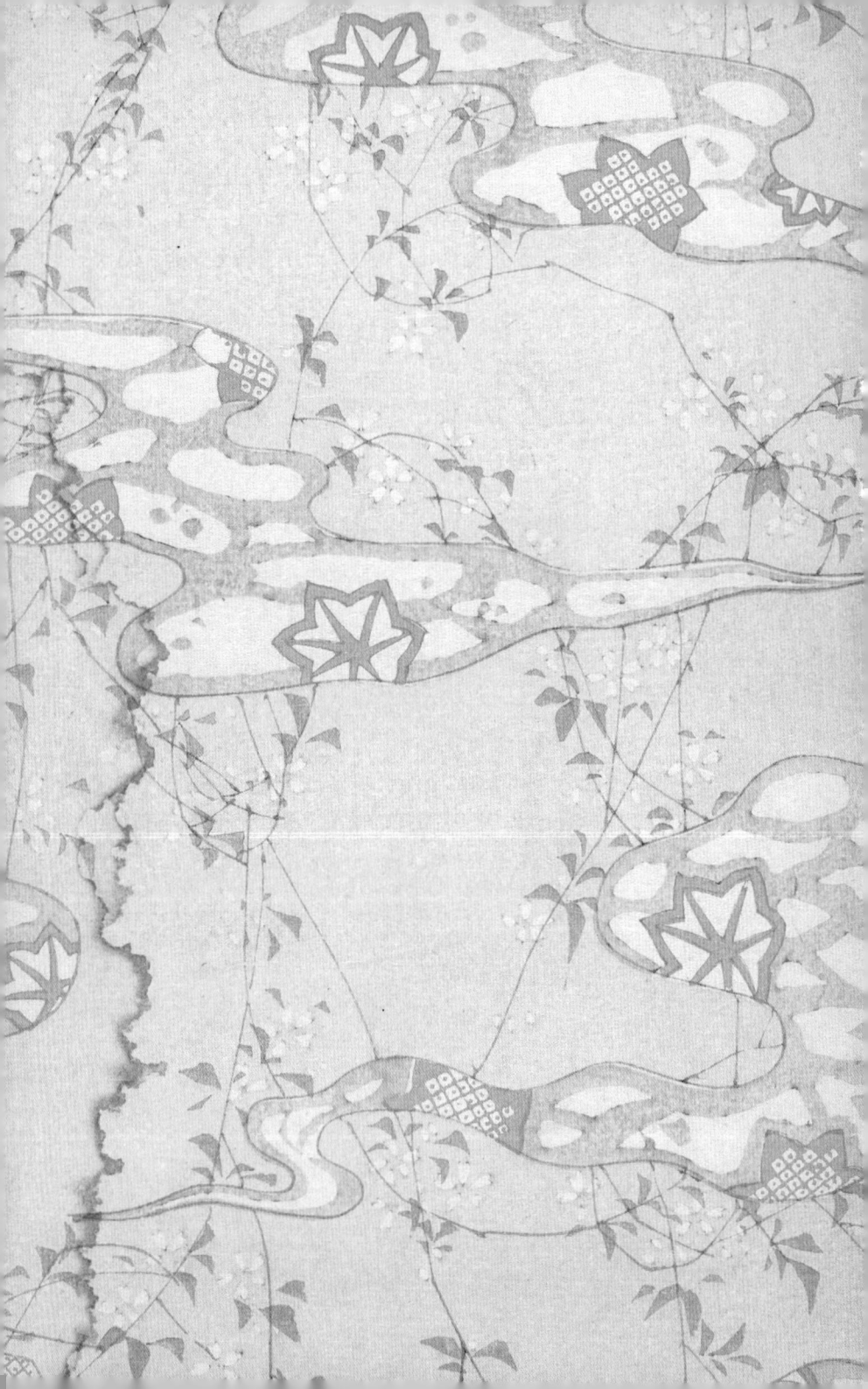